EDITION
Caro & Caro

W0047192

Oxymoron

Oder:

Der Tod der Anna Rosenkranz

Christine Bruker, Christoph Schmidt

Mit einem Nachwort von Andreas Heller

Impressum

Bibliografische Information Der Deutschen Bibliothek
Die Deutsche Bibliothek verzeichnet diese Publikation in der
Deutschen Nationalbibliografie; detaillierte bibliografische
Daten sind im Internet über http://dnb.ddb.de abrufbar.

Bibliographic information published by The Deutsche Bibliothek
The Deutsche Bibliothek lists this publication in the
Deutsche Bibliothek; detailed bibliographic data is available
in the internet at http://dnb.ddb.de

Christine Bruker, Christoph Schmidt

Oxymoron
Oder: Der Tod der Anna Rosenkranz

Esslingen: der hospiz verlag, 2015

ISBN: 978-3-941251-93-9

Typografie und Gestaltung: der hospiz verlag, Esslingen

Druck: MCP, Polen

www.hospiz-verlag.de

*Oxymoron, ist die enge Verbindung
von logisch Widersprüchlichem*

The best is yet to come?

Helene, die Strahlende, ein unpassender Name für ein tristes Leben

Ein trüber Novembersonntag. Schneeregen. Die Zeit tropft dahin wie die schweren nassen Schneeflocken, die zäh am Dachfenster entlanggrutschen. Sie vereinen sich zu einem Rinnsal und verschwinden durch die Dachrinne in einem Fallrohr. Die schweren Windböen rütteln an ihrem Fenster, heben die Dachpfannen im Dachgeschoss hörbar an und lassen sie wieder fallen. Der Sturm hat schon den ganzen Tag angehalten und mehrere Pfannen aus dem Dach gerissen. Sie sind donnernd wie Metallschlitten über das Dach auf die Straße gerutscht und dort zerborsten. Am Nachmittag ist der Strom ausgefallen. Die Wohnung wird schleichend kühl. Sie hat vorhin heißes Wasser gekocht und in Thermoskannen abgefüllt. Der warme Tee hilft gegen die klamme Kälte, die ihr schleichend in die Glieder kriecht. Auch das Kerzenlicht wärmt. Die Güte der Welt bleibt draußen. Sie ist alleine hier und fürchtet sich vor der Nacht.

Heute ist Montag und der einundzwanzigste. Morgen sollte sie ins Heim. Doch woher sollte sie wissen, wie es mit ihrer Mutter weiter gehen soll?

Mutter war mit fünfundvierzig Jahren zwar kalendarisch noch nicht besonders alt, biologisch ist sie aber schon deutlich über den Zenit ihres Lebens hinweg. Seit dem Schlaganfall vor zwei Jahren sind die Gebote der Moderne, schön und gesund zu sein und das bis ins hohe Alter hinein, nicht länger ihre Freunde. Ihre Mutter ist nicht mehr in der Lage zu sprechen, jeder Gang zur Toilette beweist ihre Hilflosigkeit. Früher haben gutes Essen und schwere spanische Rioja Genuss und Fröhlichkeit bedeutet. Seit dem Schlaganfall fällt es ihr schwer, das Essen und den Speichel im Mund zu behalten. Die ästhetischen Unschicklichkeiten bringen vor allem Frust. Tabletten halten sie am Leben. Es sind vor allem die Lieder ihrer Jugend, die manchmal ihre Gesichtszüge wecken und ihre frühere Lebendigkeit erahnen lassen.

Manchmal hat Helene die leise Hoffnung, dass sie am nächsten Morgen erwachen und jemand ihr sagen würde, dass alles nur ein böser Traum ist. Sie phantasiert sich dann in ihr Kinderzimmer zurück, in dem ihre Mutter sie am nächsten Morgen wecken würde. Helene würde frühstücken und in die Schule gehen. Das wäre schön.

Ihr Vater hatte Mutter und sie verlassen noch bevor sie alt genug war, Erinnerungen zu haben. Helene ist kürzlich, im September 2014, sechsundzwanzig Jahre alt geworden. Nie hat sie bewusst ihren Vater gesprochen oder gesehen. Manchmal wird sie gefragt, ob er ihr nicht fehlte. Doch wie sollte sie jemanden vermissen, zu dem sie weder Gefühle noch Erinnerungen in sich trug? Sie hat nur ihre Mutter. Diese hatte sie jeher mit Putzjobs über Wasser gehalten. Mutter hatte bisweilen flüchtige Bekanntschaften mit Männern. Jedes Mal hatte sie schon nach Tagen gewünscht, dass Helene „Papa" zu den Männern sagte. Das hatte sie nie getan. Helenes Sicht auf die Welt wurde spätestens in ihrem vierzehnten Lebensjahr desillusioniert, als sie in den Mittelpunkt der Interessen einer Männerbekanntschaft geriet, die ihre Mutter pflegte. Sie ekelt sich bei diesen Gedanken.

Der Sturm hat aufgebriest. Aus der Nachbarwohnung ist ein lauter Fluch zu hören. Eine Dachpfanne ist vor dem Haus eingeschlagen und hat das Auto ihres Nachbarn getroffen. Sie horcht, geht zum Fenster und bleibt dort stehen.

Früher hatten ihre Mutter und sie häufig heftig gestritten. Helene hört den schrillen Klang ihrer Stimmen und fühlt, wie in ihrer Brust die Wut wie eine Horde wilder Pferde den Staub der Vergangenheit aufwirbelt. Wut und Hilflosigkeit, Hand in Hand.

Nie hat Mutter ihre Entscheidungen akzeptiert oder ernst genommen. Empört löst sie sich vom Fenster. Sie sollte es einmal besser haben, hatte sie immer gesagt. Ein komfortables Leben mit Eigentumswohnung und sattem Konto, vielleicht auch Kinder, am besten ohne Mann im Haus, der nach ihren Vorstellungen sowieso immer nur das Eine wollte. Von Männern hatte Helene Zärtlichkeit und Vertrauen nie erlebt. Sie kennt nur das wie sie es nennt „öde Rein und Raus für zwei Minuten" und die ebenso stupide wie wiederkehrende Frage „Na, Schatz, wie war es?" danach.

Mutter hatte immer gut reden, denn die Konsequenzen ihres Ehrgeizes musste sie als Tochter tragen. Freizeit wurde zu Lernzeit, diätisches, gesundes Essen beherrschte den Mittagstisch, Löcher in der Hose waren undenkbar – vor allem in ihrer Jugend. Und dabei ging es ihrer Mutter doch mindestens genauso sehr um sich selbst. Wie sehr hatte ihre Mutter sich gewünscht, den Nachbarn neuste Erfolge ihrer erfolgreichen Tochter zu erzählen. Sie liebte ihre Mutter und sie erinnerte sich mit Freude an viele gemeinsame Stunden und Tage. Doch Mutters Eitelkeiten und Erwartungen stecken ihr wie dicke Klöße im Hals.

Helene überlegt, was wohl der Inhalt des Gespräches im Pflegeheim werden könnte. So zu leben, das hätte ihre Mutter nicht gewollt. Manchmal hatte sie überlegt, ob nicht auch ein Kissen, das jemand der Mutter nur lange genug auf das Gesicht drücken würde, die quälende Situation für alle zufriedenstellend lösen könnte.

Helene hat sich etwas Tee gekocht und eine Zigarette gedreht. Sie bevorzugt einen halbschwarzen Tabak aus den Niederlanden. Der Tabak hat an Fülle verloren, seitdem er nicht mehr von Theodorus Niemeyer in Groningen hergestellt wurde. Leider bringt die Globalisierung mit sich, dass auch die liebenswerten Schrulligkeiten der Nachbarländer immer mehr verloren geht. Sie zündet ihre Zigarette an und nimmt zwei tiefe Züge. Obwohl der Rauch im Hals leicht kratzt, tut die Zigarette ihr gut. Sie betrachtet das Logo mit dem Löwen.

Helene Rosenkranz sieht sich im Spiegel an, eine hagere Figur, die mit grauem Blick und von Tätowierungen bedeckt alleine auf dem Sofa sitzt. Helene spielt mit dem Gedanken, Peter anzurufen. Ihr Handy ist vollgeladen, es wird Nacht und sie fühlt sich einsam. Helene verwirft den Gedanken, hätte er doch, wenn er umgesetzt würde, nur das ernüchternde Zwei-Minuten-Spiel als Tagesfinale. Der Preis für den Einsamkeitstherapeuten erscheint ihr zu hoch, zumal sie heute nicht an trivialem Sex interessiert ist. Sie träumt von zärtlichen Berührungen ihrer leicht verschwitzten Haut, dem fremdartigen Geruch eines imaginären Partners, dem schweren Atmen und leichten Stöhnen während er ihren Körper entdeckt. Helene löst sich aus ihrer Tagträumerei und erfreut sich beim Gedanken an diesen zukünftigen imaginären Geliebten. Wie hieß doch die Liedzeile aus ihrem Lieblingssong der Scorpions?

The best is yet to come.

Christian, der Gesalbte, hat Schicht im Pflegeheim

„Kannst du mal eben die Alte aus Zimmer 34 mit drehen? Die ist so fett, dass du dir alleine einen Bruch hebst. Dafür reicht das Schmerzensgeld nicht aus, das sie in diesem Sauladen bezahlen", schallte es über den Flur.

„Klar, ich komme gleich, wenn ich mit dem Vollgeschissenen aus 21 fertig bin! Kleinen Moment noch, ich beeil mich. Da haben aber schon die Angehörigen gemotzt, das ganze Zimmer stinkt."

Christian war dreiundfünfzig Jahre alt. Er arbeitete schon seit mehr als zehn Jahren im Pflegeheim Krokusblüte, immer auf Station E. Die Dementen verhelfen ihm zu einem Broterwerb, ansonsten kann er seine Arbeit gut verdrängen. Illusionen von Helfen und Mitmenschlichkeit hat er verloren. Er braucht einen Job, um seine zwei Kinder im Studium zu unterstützen. Da kommen diese Menschen, die ihre Wünsche und Bedürfnisse nur noch selten formulieren können, gerade recht. Wenn es zu unruhig wird, gibt es Medikamente. Viel bleibt ihm ohnehin nicht, da er auch an seine Frau zahlen muss. Von ihr hat er sich vor zwei Jahren kurz vor der silbernen Hochzeit getrennt. Damals war es wie bei einem Auto mit leerem Tank: Das Benzin war alle. Eine Zeit lang hatten sie noch versucht, das Auto zu schieben, aber der Schwung blieb auch nach unzähligen Versuchen noch aus.

An diesem Nachmittag hat er auf der E Dienst. Zusammen mit seinem Kollegen haben sie versucht, sich so wenig Aufwand wie möglich zu machen. Schließlich hatte er heute früh schon den Schlamassel vom Sturm der letzten Nacht vor der Wohnung und auf dem Balkon zu beseitigen. Ein Dachziegel hat außerdem sein Fahrrad so beschädigt, dass er es nicht mehr fahren kann. Woher er zurzeit das Geld für ein Neues nehmen sollte, war ihm unklar. Immerhin ist er sich heute mit seinem Kollegen einig. Wenn sie sich beeilten und nur auf „Pflegestufe Satt-und-Sauber" arbeiteten, hätten sie vielleicht ein wenig Zeit für sich. Die Dokumentation könnte man dann entsprechend anpassen. Das klappte mit diesem Kollegen ganz gut. Immer wenn diese unangenehmen jungen Mädels da waren, so dachte er, gab es Stress. Die nahmen ihre Arbeit zu genau.

Satt-und-Sauber ist erledigt. Mit Kaffee haben sie sich auf die hintere Terrasse verzogen, dort, wo man nicht gesehen werden kann. Zurückgelehnt und die Füße auf das Geländer gestreckt, blicken sie kraftlos in das Dickicht der kahlen Äste. Zwei Amseln kämpfen. Es ist Zeit für eine Zigarette. Gerade als der erste Zug sich beruhigend und scharf in ihre Kehlen legt, hören sie ein lautes Getöse vom Flur. Rufe dringen zu ihnen durch, auch schnelle Schritte und ein kurzes Weinen. Das kann doch nicht wahr sein, dachten sie, Tumult in der Mittagspause und das auch noch in ihrer Schicht.

Beide springen auf. Sie sehen, wie eine Frau über den Flur hetzt und die Station zum Beben bringt. Wer ist diese Frau? Körperlich ist sie zwar von eher zarter und kleiner Statur, doch mit ihren dunklen Haaren, mit einem Blick, als setze sie gleich zum Angriff an, und den schnellen Schritten auf scharfen Absätzen, gibt sie eine beeindruckende Erscheinung. Christian erkennt, wie sich Unsicherheit in ihre Augen schleicht und alsdann wieder verflüchtigt. Was tut diese Frau hier?

Sie hatte ihre Mutter nicht nur wegen der Pflege ins Heim gebracht: Unter Menschen sollte sie sein; Geborgenheit sollte die Einsamkeit ersetzen, gemeinsames Musizieren die stumm gewordenen Abende. Dafür zahlten sie viel Geld. Die Rente ihrer Mutter und ein beachtlicher Teil ihres Einkommens gingen dafür drauf. Doch die Gänge sind so kahl, die Flure so kalt, dass es sogar den Tod frösteln würde, wäre er hier. Das Geisterhaus erscheint vor ihrem inneren Auge – diese Geschichte der von den Liebsten entleerten Welt aus Schande, Schmerz und Stolz. Helene Rosenkranz sieht ihre eigene Einsamkeit wie ein Schatten vor sich.

Helene geht hin und noch einmal zurück, ihre Schritte hallen in der Ferne. Die Beklemmung umgreift ihr Herz. Sie ist weg. Zimmer dreiundzwanzig ist leer. Die Flure sind leer. Ist ihre Mutter tot? Hat man vergessen, sie zu benachrichtigen? Womöglich war die Besprechung nur ein fahler Trick, um sie hierher zu locken, um ihr den Tod ihrer Mutter zu eröffnen. Heutzutage kann man nicht wissen, mit welchem Geschick die Menschen sich davor winden, Todesnachrichten zu verkünden.

Erst jetzt bemerkt sie, dass sie schluchzt. Auch sieht sie nun die zwei Männer am Ende des Ganges, die sie ungläubig anstarren. Sie war wohl mal wieder außer sich.

„Ist was?", wirft sie forsch den beiden entgegen.

„Was wollen Sie hier?", der eine sagt, der andere denkt es.

„Mutter, Anna, ähm Frau Rosenkranz, ist sie –". Helenes Sprache stolpert.

„Ach du bist es Helene. Nein, Ihre Mutter hat nun die vierundzwanzig. So lange wollte sie schon vom Sofa auf die Rosen sehen, nicht auf die Straße. Es gibt kein Grund zur Sorge", entgegnete Christian um Freundlichkeit bemüht. Helene stockt. Alsdann atmet sie aus.

Die Geschichte, denkt sie und stutzt, hat wohl doch noch kein Ende.

Anna Rosenkranz, die Tänzerin aus dem Schwarzwald

Die Erinnerungen an das Weihnachtsfest '75 trug sie wie ein teurer Schatz in ihrem Herzen. Weiche Schneeflocken waren am Vorabend spielend auf die Felder und auf die Dächer der Schwarzwaldhöfe gesunken und die Tannen verneigten sich im Angesicht der weißen Überraschung und in froher Erwartung auf das heilige Fest. Die Sonne hauchte einen glitzernden Schleier über die Weite der Anhöhen. Die kristallklare Luft erfrischte die Natur.

Anna Rosenkranz verbrachte diesen Heiligen Abend neben ihrer Urgroßmutter auf der hölzernen Bank des Kachelofens. Die Urgroßmutter hatte ihre dunkle, von Schleifen und Blüten gezierte Tracht angelegt. In den Röcken der Tracht konnte Anna sich verbergen. Heute hatte ihre Mutter sich Mühe mit dem Essen gegeben. Heute hatten sie und ihre sechs Geschwister Bananen vom Weihnachtsmann bekommen – eine für jeden. In den Röcken und in der Wärme des Kachelofens, mit gefülltem Bauch und die Banane in der Hand fühlte sie sich glücklich und geborgen. Vorhin hatten alle Kinder *Lasst uns froh und munter sein* gesungen. Anna hatte es geschafft, die Familie mit ihrer lustigen und feinen Stimme zu verzaubern. Ihre Geschwister sangen im Hintergrund. Das Stück war schön geworden, es wurde geklatscht und gelacht.

Ansonsten war das Leben im Schwarzwald hart und zäh. Jahr um Jahr rief im Sommer die Heuernte, im Winter marschierten sie mit dem Schlitten zur Kirche und in die Dorfschule. Anna hatte zu tanzen begonnen. Immer wenn sie ihren Onkel besuchte, versank sie im Rhythmus der Musik. Die Schallplatte drehte. Bisweilen trat sie im Gemeindehaus auf. Wenn sie tanzte und sang lachten alle. Sie war etwas Besonderes. Die anderen sahen das nicht und sie musste zur Hauswirtschaftsschule. Es war Jochen, der erstmals ihr Talent erkannte.

Es war der Sommer '88. Jochen hatte drei Fahrten mit seinem Moped gebraucht, bis ihr Herz nur noch ihm gehörte. Die dritte Fahrt mit der Kreidler Flory führte sie im Zweitakt vom Roxy verraucht und betrunken nach Hause. Es war eine der wenigen milden Schwarzwaldnächte. Die Luft strich satt und lieblich durch die Wälder und durch ihr offenes langes Haar. Sie umschloss seine Hüften, legte ihren Kopf auf die kräftigen Schultern und küsste sanft seinen Nacken. Er schmeichelte ihr.

Zwei Wochen später, sie war gerade neunzehn geworden, brannte sie mit Jochen, dem zukünftigen Vater von Helene, durch. Er träumte von der großen Freiheit in Amerika, sie von einer Karriere auf internationalen Tanzbühnen. Erfüllt von leichtfüßigen Träumen ließen sie die Höfe ihrer Eltern ohne Zögern zurück. Die pflichtgefüllten Schürzen ihrer Mütter und die von harter Arbeit gezeichneten Väter trieben sie an. Anheuern wollten sie, auf einem dieser vor Pracht und Glamour strahlenden Schiffe, die fremdartige Namen trugen und Deutschland mit den Weltbühnen verbanden. Zum Glück hatten sie sich den Abschied erspart. Alsdann erreichten sie trampend Hamburg.

14. November 2014: Hausarzt Dr. Karsten Jessen fliegt in den Urlaub

Das Flugzeug durchbrach die Wolken. Er muss eine Weile geschlafen haben. Er fühlt sich als Fluggast auf dem Sitz 17 A des Airbus' sehr wohl. Vom Rotwein leicht benebelt, lauscht er der Musik aus dem I-Pod. Zurzeit hat er seine alte Liebe für Pink Floyd wiederentdeckt.

How I wish, how I wish you were here. We're just two lost souls, swimming in a fish bowl, year after year. Running over the same old ground, what have we found? The same old fears, wish you were here.

Eine großartige Passage aus einem wunderbaren Song. Er sieht aus dem Fenster und kann unter sich die unterschiedlich gefärbten Inseln Lanzarote und Fuerteventura erkennen. Im Hintergrund taucht der Teide auf, der fast vier Kilometer hohe Vulkan. Die „Kathedrale" von Teneriffa. Er muss daran denken, wie er vor Jahren mit dem Teleferico zur Gipfelstation gefahren ist, und welch großartigen Blick man von oben über das kanarische Archipel hat.

Zu Hause ist sein Leben als Hausarzt sehr geordnet. Es verläuft in eng bemessenen Bahnen. Es kommt ihm vor, als sei jede Minute seines Alltags verplant. Hier im Schatten des Teide in

Puerto de la Cruz, hier im Hotel Marquesa, in dem schon Alexander von Humboldt genächtigt hatte, kann er bei einer Macuba-Zigarre und einem Brandy – er bevorzugt Carlos den Dritten – gut entspannen. Er denkt an seinen letzten Besuch, als eine Gruppe älterer Damen ihre Schuhe von sich geworfen hatten und auf der Straße im Flamenco der beiden Gitarristen versanken. Das Leben konnte so einfach sein.

Der Airbus schraubt sich langsam entlang des Teide in die Tiefe. Die Fallwinde entlang des Berges schütteln das Flugzeug. Seine Frau klammert sich fest an ihn. Sie flog nicht gerne. Der Griff in seine Hand ist beinahe schmerzhaft und löst sich erst, als das Flugzeug unsanft auf dem Flugplatz aufsetzt. Bei der Fahrt zum Gate schaltet er sein Mobiltelefon einer Gewohnheit folgend ein. Endlich Urlaub, denkt er.

Es klingelt. „Hallo Karsten, wir brauchen dringend eine Fallbesprechung bei Frau Rosenkranz. Melde Dich. Christian", ist auf dem Display zu lesen. Nicht einmal zwischen Afrika und Amerika hat man seine Ruhe von dem Mist, überlegt er. Dr. Karsten Jessen, Facharzt für Allgemeinmedizin und Palliativmedizin, schaltet sein Mobiltelefon mit einem unangenehmen Bauchgefühl wieder aus.

„Ist was, Karsten?", fragt seine Frau Susanne. Sie ist dabei, ihre Kleidung für die Fahrt ins Hotel Marquesa zu ordnen.

Die Schwedin Kiki

Pfleger Christian geht auf die junge Frau zu. Kristina Persson ist siebenundzwanzig Jahre alt und Logopädin im Husumer Pflegeheim *Krokusblüte*. Christian und sein Kollege haben schon auf den Besuch von Kristina gewartet. Beide schätzen die hübsche junge Frau aus Lund sehr. Kristina ist eins sechsundsiebzig groß und schlank. Ihre langen blonden Haare wallen unter einer selbstgehäkelten Wollmütze hervor. Sie betritt den Eingangsbereich des Pflegeheimes in der Husumer Mitte, klopft den Regen von ihrem Mantel und legt die heutige Montagsausgabe des 21. November der Nordwest Zeitung ab. Kristina begrüßt Christian und seinen Kollegen mit dem typisch schwedischen „Hej, hej".

Sie macht sich wie immer einen Spaß daraus, die beiden Pfleger auf Schwedisch nach ihrem Befinden zu fragen.

„Hur mar du, Christian? Hur mar du, Ove?", nuschelt sie den beiden Männern entgegen und es hört sich fast so an, als hätte sie ein Stück Snus in ihrer Wangentasche verwahrt. Kristina hat diesem Laster doch schon vor Wochen abgeschworen und diese schwedische Eigenart gegen Zigaretten eingetauscht, die, warum auch immer, in Deutschland salonfähiger als Kautabak sind. Kristina legt ihren Mantel und die Mütze ab und hängt beides wie immer in den Pflegestützpunkt. Ihr Gesicht erinnert die beiden Männer an Agnetha von Abba, die Schutzpatronin ihrer Jungmännerträume.

„Kiki, magst du einen Kaffee bevor du zu Frau Rosenkranz gehst? Wir haben sie umgelegt."

Christian kichert vor sich hin und freut sich darüber, Kristina bei ihrem Spitznamen zu nennen. Unüberlegt hatte sie sich damals als Kiki auf der Station vorgestellt.

„In Zimmer 24", fügt Ove hinzu.

Kristina setzt sich zu den beiden Pflegern und nimmt den warmen Kaffee gerne an. Sie ist zu Fuß von ihrer Wohnung im Erichsenweg über den Marktplatz und vorbei am Husumer Wahrzeichen, der Tine, durch die Rote Straße direkt zum Pflegeheim gelaufen. Wie immer bei diesem Mistwetter muss sie daran denken, dass Theodor Storm mit der grauen Stadt am Meer Husum ausgezeichnet charakterisiert hatte. Sie hatte damals, als sie ihre Ausbildung zur Logopädin in Schweden abgeschlossen hatte, eine Stelle im Ausland gesucht. Sie war nach wie vor zufrieden mit ihrer Berufswahl. Es war ein gutes Gefühl, anderen Menschen dabei zu helfen, ihre Sprache zurück zu erobern, wenn sie durch eine Krankheit oder einen Unfall beeinträchtigt worden war. Ihr damaliger Freund kam aus Husum und so war sie unter den Nordfriesen gelandet. Inzwischen hatte sie diese etwas wortkargen, sturen Menschen näher kennengelernt und in ihr Herz geschlossen. Kristina lebte gerne hier, auch wenn ihre Partnerschaft nicht von Bestand gewesen war. Ihr gefiel die Option, als Logopädin in Deutschland relativ unabhängig zu arbeiten.

„Ist die Beule aus deinem Auto raus?", fragt Christian.

„Ja!", antwortet Kiki und atmet aus.

Christian erinnert sich gern an den letzten Besuch der Logopädin. Kiki war gerade im Pflegestützpunkt angekommen, da flog die Tür auf und ein erboster älterer Herr stand in der Tür.

„Haben Sie gesehen, dass Sie eine Beule in meinen neuen Audi gefahren haben? Mit Ihrem gammligen Volvo!"

Kristina hatte den alten Herrn vorwurfsvoll angeblickt, bis dieser seinen Blick von der hübschen jungen Frau abwenden musste. „Ich bin Schwedin, ich *fahre* Autos!", hatte sie in aller Seelenruhe erklärt, dem geschockten Herrn ihre Anschrift zugesteckt und war zu ihrer Patientin Frau Rosenkranz gegangen.

Mitten im Leben
vom Tode umfangen

Ole Sörensen, der Kommissar, im Tal der Könige

Es ist das Jahr 2013. Ole Sörensen sitzt auf der Treppe und schweigt. Soeben geht ein Kindheitstraum in Erfüllung. Er lässt die Wirklichkeit leise in seine Seele tropfen. Wann sickert die Heiligkeit dieser Stätte bis unter seine Haut und rührt sein Herz an? Vorerst noch nicht und so bleibt Ole Sörensen sitzen und schweigt.

Kommissar Sörensen ist eins siebenundachtzig groß und von sportlicher Figur. Manche Freunde haben ihn als eitel bezeichnet, er spricht lieber von einem gepflegten Äußeren.

Vor zwei Jahren hatte der Arabische Frühling ihn um diesen Traum gebracht. Straßenschlachten ließen den *Cairo International Airport* in Rauch versinken, Granaten durchschossen die Häuser, ungeachtet und gerade mit den Menschen, die glaubten, dort Zuflucht gefunden zu haben. Damals ärgerte es sich über die rohe Gewalt des Militärs und das Blut der Frauen und Kinder, die in den Gassen der Bazare ihrer Leben beraubt wurden. Genauso wütend war er über seine ruinierte Kulturreise.

Seit jener missglückten Buchung bei Gizeh Tours hatte seine Arbeit ihn wieder fest im Griff. Ungeklärte Todesfälle füllten ihm, Kriminalhauptkommissar Ole Sörensen, die Tage und sodann die Monate. Er vergaß seine Reise ins Tal der Könige. Bis vor zwei Monaten. Arte warb für eine Sendung über Schakale. Beim Blick in das feine, dunkle Gesicht dieser Tiere fühlte er sich in die Nächte versetzt, in denen er die ägyptischen Götter mit der Taschenlampe unter der Bettdecke studierte. Damals wurde Anubis, der Gott, der, so steht es im Totenbuch geschrieben, die Straßen der Ewigkeit erschließt, sein stiller Begleiter. Genauso bedingungslos, wie Ole Sörensen Verbrecher jagt, geht er Einfällen und Leidenschaften nach. Eine Stunde später hatte er die Reise ins Tal der Könige gebucht.

Nicht, dass Religion ihn bewegte. Für andere, die über den Menschen als Teil einer kosmischen Ordnung nachdachten, hatte er kein Verständnis. Ihn interessierten Fakten. Tatsachen wie der Tod. Freunde behaupteten, er sei sentimental. Diesem Irrglauben konnte Ole Sörensen nicht zustimmen. Seiner Ansicht nach war er ein nachdenklicher Mensch, nicht mehr und nicht weniger als das, seine Stärke war es, nüchtern auf die Welt zu blicken und Fakten zu kombinieren. Diese Fähigkeit stellte er in den Dienst der Todesfälle zur „Unzeit", die es aufzuklären galt.

Auch die Medizin versprach sich einem nüchternen Blick auf die Tatsachen des Lebens und des Todes. Doch mit der Medizin hatte er so seine Probleme. Warum wollte die Medizin das Leben um jeden Preis verlängern? Ole Sörensen ist überzeugt, dass das Werden eines Menschen nicht vorzeitig verkürzt werden darf, von niemandem, doch das Leben unendlich verlängern zu wollen, das erschien ihm nicht recht zu sein. Die Medizin bewegte sich auf der anderen Seite seiner Medaille. Seit die Medien den Demografischen Wandel entdeckt haben, könnte man meinen, es gäbe nur noch „Active Ageing". Doch er fragte sich, was mit den Menschen ist, die über Jahrzehnte krank und leidend vom medizinischen Fortschritt am Leben gehalten werden.

Im Gespräch mit seiner Kollegin Katharina Becker hatte er eines verstanden: Seitdem die Menschen ihren Glauben an das Jenseits nach dem Tod verloren haben, hat sich ihr Leben unendlich verkürzt. Ole Sörensen ging in Gedanken noch einmal den Weg in die Grabkammer hinunter. Die Alten Ägypter hielten das genau umgekehrt. Das Sein auf der Welt diente der Vorbereitung auf das Jenseits. Deshalb die unterirdischen Städte, von hunderten Händen mit Farben, Geschichten und Symbolen geschmückt, die Fässer mit Bier, tönerne Knollen Knoblauch, die Mumien der Haushunde oder Katzen und die Goldschätze. Die Barke für die Überfahrt ins Jenseits stand bereit, Anubis als starker Begleiter an ihrer Seite.

Eine Touristengruppe schreckt ihn auf. Er muss in seine Gedanken gedämmert sein. Das Grab von Ramses des VI. war nicht länger seins, doch die filigranen Geschichten hatten ihre Spuren in seinem Inneren hinterlassen. Er verließ das Grab.

Draußen war Sturm. In Husum würden bei diesem Wind die Dachpfannen angehoben und auf die Straße geschleudert. Hier in Theben treibt der Wind den Sand in die Augen und wie Stecknadeln ins Gesicht. Sein Ticket erlaubt den Besuch von zwei weiteren Gräbern. Schnell verschwindet er beim Nachbarn treppabwärts in der Erde.

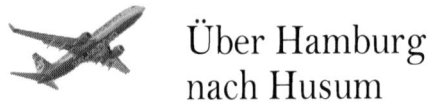

Über Hamburg nach Husum

Dr. Karsten Jessen hat sich auf den Balkon gesetzt und schaut auf die Fußgängerzone. Er holt tief Luft und freut sich auf die Woche Urlaub auf Teneriffa. Wie geplant hatte er gerade einen Spaziergang entlang der befestigten Mole absolviert. Seine Frau hatte sich in das Zimmer zurückgezogen, um sich von der Anreise zu erholen. Karsten Jessen saß bei einer Zigarre und einem Brandy und sah den Passanten zu. Er trommelte mit den Fingern nervös auf dem Tisch.

Die SMS von vorhin kreiste in seinem Kopf. Schon lange bevor Frau Anna Rosenkranz durch den Schlaganfall ihre Fähigkeit zu sprechen verloren hatte, ist sie seine Patientin gewesen. In der Sprechstunde hatten sie sich häufig unterhalten.

Das Schicksal hatte es nicht gut mit ihr gemeint. Nachdem sie Hals über Kopf ihre Heimat im Schwarzwald verlassen hatte, um mit ihrem Freund Amerika zu erobern, ist ihr Leben zusehends entglitten. Sie wollten vorübergehend in Hamburg Altona bleiben, um Geld für Amerika zu verdienen, denn ihre kargen Ersparnisse reichten bei Weitem nicht aus.

An einem Septembermorgen stellte sie erschrocken fest, dass sie schwanger war. Jochen wollte das erst nicht wahrhaben, dann versuchte er, sie zu einer Abtreibung zu überreden, dann war er verschwunden. Anna Rosenkranz musste alleine durchkommen. Sie behielt ihre Putzjobs in Blankenese bei und konnte damit immerhin eine Zweizimmerwohnung anmieten, die sie bis zur Einschulung ihrer Tochter Helene bewohnte.

Bei einem Ausflug in das Theodor Storm Haus hat Anna Rosenkranz Gefallen an Husum gefunden. Sie gab die Wohnung in Hamburg auf und zog um. In Husum gab es alles, was sie brauchte und das Leben in Nordfriesland war günstiger als in der Stadt. Um in die Heimat zurückzugehen, war sie zu stolz. Das käme, so sagte sie, dem Eingeständnis einer Niederlage gleich.

Anna Rosenkranz trank und rauchte viel, sodass sich in jungen Jahren die Symptome einer arteriellen Verschlusskrankheit entwickelten. Die Durchblutungsstörung hatte zu Schmerzen bei anstrengenden Tätigkeiten und zu offenen Stellen an den Beinen geführt. Die Blutversorgung zum Kopf war eingeschränkt. Die linke Halsschlagader war beinahe verschlossen. Weil Anna Rosenkranz viel zu spät ihrem Arzt von dem andauernden Schwindel und den häufigen Bewusstseinsverlusten erzählte, hatte

Karsten Jessen keine Chance mehr gehabt, eine vernünftige Therapie zu organisieren. Solche Verschlüsse der Gefäße hatte sie bei einer Patientin in diesem Alter auch nicht erwartet. Jessen sog an seiner Zigarre und überlegte, wie hoch wohl sein Risiko für eine solche Erkrankung sein könnte. Er neigte zwar nicht unbedingt zur Hypochondrie, doch dieses Ziehen im linken Unterschenkel bei Spaziergängen war schon merkwürdig.

Jedes Jahr zu Weihnachten hatte Frau Rosenkranz ihm eine Cohiba geschenkt, um sich für die Behandlung zu bedanken. Trotz der vielen Gaben seiner Patienten zu Weihnachten freute er sich über die Zigarre von Frau Rosenkranz am meisten.

Etwa vor zwei Jahren hatte Frau Rosenkranz dann einen Schlaganfall erlitten. Seither lag sie im Pflegeheim. Ihre Tochter Helene arbeitete als Verkäuferin bei Lidl und konnte sich nicht ausreichend um ihre Mutter kümmern. Naja, dachte Jessen, Helene.

Er ging in Gedanken zurück nach Husum und sah Helene Rosenkranz bei ihrem ersten Besuch in seiner Praxis. Kurze dunkle Haare, an den der medizinischen Betrachtung zugänglichen Stellen über und über tätowiert, an allen möglichen und unmöglichen Stellen Piercings. Jessen dachte an seinen Lieblingskrimi *Verblendung* von Stieg Larsson. Lisbeth Salander hatte sich personifiziert. Jessen war beunruhigt und beeindruckt.

Helene hatte Hepatitis C und das wahrscheinlich aus einem der unzähligen Tätowierstudios, die mal mehr, mal minder gelungene Tattoos auf ihrer Haut hinterlassen hatten. Die Aktivität der Erkrankung war gering und die Mitbetreuung durch einen Hepatologen in Kiel, einen befreundeten Spezialisten für Erkrankungen der Leber, gut.

Jessen hatte seit jeher einen guten Draht zu beiden Patientinnen. Das Verhältnis zwischen Mutter und Tochter war jedoch angespannt, das hatte er schon bei ihrem ersten Besuch gemerkt, als sie sich mehrmals unwirsch ins Wort fielen. Er hatte einige Male versucht, die Psychodynamik ihrer Beziehung zu verstehen. Es war ihm nicht gelungen. Anna und Helene Rosenkranz konnten nicht ohne, sie konnten vor allem auch nicht miteinander.

„Welche Wünsche hat Helene wohl für ihre erkrankte Mutter?", fragt er sich.

Jessen ist Facharzt für Allgemeinmedizin und Palliativmediziner. Er betreut auch palliative Patienten. Das sind Menschen, die an einer schweren Erkrankung leiden und in absehbarer Zeit sterben. Diese Patienten haben häufig schwere Krankheitserscheinungen wie etwa Schmerzen oder Atemnot. Vor allem bei Ängsten sind für den Palliativmediziner Jessen die seelischen Nöte seiner Patienten von großer Bedeutung. Häufig führt er dann auch mit den Familien und Freunden der erkrankten Menschen lange Gespräche.

Die Strukturpolitik von Husum hatte vor einigen Jahren verschlafen, sich für ein Hospiz in seiner Heimatstadt stark zu machen. Diese Idee war dann zu seinem Missfallen in Niebüll umgesetzt worden. Dort betreute eine Gemeinschaftspraxis das Hospiz. Leider war Niebüll vierzig Kilometer entfernt. Er findet es noch immer schade, dass er in einem solchen Haus, in dem alle mehr an der den Menschen zugewandten Begleitung interessiert waren als an deren rein medizinischer Behandlung, keine Erfahrungen sammeln konnte. Er ist überzeugt, dass es wichtig ist, sehr alte und schwer erkrankte Menschen besser palliativ zu betreuen. Damit scheitert er jedoch immer wieder an den berufsständischen Verbänden, vor allem, wenn er versucht, mehr finanzielle Ressourcen in diesen Bereich zu lenken.

Frau Rosenkranz gehört zu den Patienten, die er in dieser besonderen Weise betreut. Würde er nach dem Grund gefragt, warum die palliative Arbeit ihm so viel bedeutet, so könnte er keine genaue Antwort geben. Er wusste nur, dass der empathische und an den Bedürfnissen der Patienten orientierte Umgang mit diesen seine Berufspraxis positiv verändert.

Als gutes Zeichen wertet er die Einladung zur Fallbesprechung bei Frau Rosenkranz. Was wohl genau passiert ist, dachte Dr. Karsten Jessen. Er würde morgen früh anrufen. Dann konnte er Christian, den Pfleger, nach dem Grund für die Fallbesprechung fragen. Dieser Abend sollte dem Brandy und den Zigarren gehören.

Gitarrenspiel hüllt ihn ein. Eine der alten Damen, die barfuß vor dem Hotel tanzen, kommt auf ihn zu und zieht ihn in den Bann der Rhythmen auf die Straße. Karsten merkt den Alkohol, ihm ist schwindlig. Im Obergeschoß öffnet sich ein Zimmerfenster. „Karsten, kommst du bitte!", ruft seine Frau. Er ist froh, von seinem Tanzversuch erlöst zu sein.

Anna Rosenkranz –
„No Future"?

Kiki betritt das Zimmer von Frau Rosenkranz. Es ist Montag der einundzwanzigste November, halb drei. Sie schaudert. Die fahlgelbe Haut von Frau Rosenkranz ist schweißig. Ihr Ausdruck ist vom häufigen Verschlucken gezeichnet. Die Augen der Patientin sind leer, so auch ihr Blick.

Hat dieser Blick noch eine Bedeutung, fragt sie sich.

Kiki weicht der Leere der Augen aus. Hastig und beklommen beginnt sie mit ihrer Arbeit, nicht zuletzt, um sich abzulenken. Sie ist erleichtert, als Christian das Zimmer betritt, um das Fenster zu öffnen. Der strenge Geruch nach der Harnwegsinfektion zieht langsam ab. Der Wind bläst zum Fenster herein. Kiki muss an ihren Lieblingssong von Jimi Hendrix denken. *And the wind cries Mary.* Ob ihr Idol es wohl besser gemacht hat als Frau Rosenkranz? Weltberühmt mit siebenundzwanzig Jahren in London zu sterben, ist das besser als dieses Leben im Husumer Heim? Schließlich waren sie alle nur siebenundzwanzig geworden: Brian Jones, Rolling Stones, im Swimming Pool ertrunken. Leider im selben Garten, in dem Milne die Geschichte von Winnie Pooh dem Bär erfunden hat. Janis

Joplin, Heroin. Jim Morrison, the Doors, in Paris vollgepumpt mit Tabletten tot aufgefunden. Die Ikonen der Jugend sind mit siebenundzwanzig abgetreten.

Kiki weiß, dass sie einen altmodischen Musikgeschmack hat. Sie liebt alte Schinken aus den sechziger Jahren. Vielleicht sind das die Songs, zu denen ihre Patientin Anna Rosenberg gelebt hat. Vielleicht auch nicht. Kiki überlegt. Anna Rosenkranz gehört zur „No Future" Generation. Vielleicht war sie auch mit Discomusik groß geworden.

Kiki denkt an ihre eigene Jugend in Lund. Sie hatte die Logopädie mit großem Interesse studiert. Bis sie vor einigen Jahren eine Freundin in Bergen, Norwegen, besuchte und dort deren Arbeitsstelle im *Bergens Röde Kors Hospital* kennenlernte, war das Bild von der Welt in ihrem Kopf sehr heile. Ihre Freundin Sigrun arbeitete damals auf der Palliativstation. Sie schwärmte von der Arbeit und dem Team. Menschen aus unterschiedlichen europäischen Ländern arbeiteten dort unter der Leitung eines norwegischen Arztes, der für sein Engagement landesweit bekannt war.

Kiki begeisterte die hospizlich-palliative Haltung: Es ging nicht mehr darum, Menschen, deren Uhr vor geraumer Zeit abgelaufen war, um jeden Preis am Leben zu halten. Es ging darum, die merkwürdigen letzten Bewegungen der kreisenden Unruhe der Uhr zu begleiten, die jedes Leben mit sich trug. Das Uhrwerk wieder aufzuziehen, darum ging es nicht. Als sie dem charismatischen Norweger und seinem deutschen Oberarzt gegenübersaß und die Eindrücke ihrer Hospitation besprach, sagte sie: „Genau so möchte ich in Zukunft arbeiten". Seither sieht sie das Leben und das Sterben durch eine andere Brille.

Dr. Jessen wird vom Alltag eingeholt

Er hat gefrühstückt. Karsten Jessen und seine Frau sind früh aufgestanden, um über Garachico nach Masca gefahren. Die morgendliche Fahrt hat sich gelohnt, denn ihre Kameras hatten die wunderbare Mascaschlucht noch vor den Touristenbussen eingefangen.

Nun sitzen sie in dem kleinen Restaurant, genießen die Aussicht, den Kaffee und den letzten Tag ihres Urlaubes. Gegenüber taucht La Gomera im Atlantik aus dem Morgennebel auf. Hinter ihnen, auf dem kleinen Marktplatz von Masca, verkauft eine alte Frau Kaktushonig. Jessen gleitet in seinen Gedanken zurück nach Husum. Er kann sich nur schwer vorstellen, übermorgen um diese Zeit in dem muffigen Heim, in dem es nach Urin, Erbrochenem und blutigem Stuhlgang roch, zwischen Tod und Verwesung am Traum der heilen Welt von Teneriffa zu verzweifeln. Er spürt einen leichten Ekel in sich aufsteigen. Vielleicht war es an der Zeit, etwas ganz anderes zu machen. Dann würde sein Lebensstandard aber erheblich sinken. Sein Einkommen als Kassenarzt würde er mit keiner anderen Tätigkeit so leicht beziehen.

Anna Rosenkranz beschäftigt ihn. Was soll er mit ihr machen? Schlaganfall, Schluckstörung, ständiges Verschlucken. Das Heim, so hatte Christian getextet, besteht auf eine PEG-Sonde, einen Schlauch, der durch die Bauchdecke in den Magen eingelegt wird, um die Patienten mit Nahrung und Flüssigkeit zu versorgen. BMI einhalten, laute die Devise.

Krüger du alter Fettsack, denkt Jessen, für diesen Scheiß mit dem Body Mass Index und den Pflegenoten bist du über die Stadtgrenzen hinaus berüchtigt. Hauptsache, keine schlechte Bewertung vom Medizinischen Dienst der Krankenkassen, wenn der mal wieder das Heim anhand der Pflegedokumentation und einzelner Patientenakten bewertet. Kein Arsch in der Hose, um Entscheidungen selber zu treffen, aber der Sozialgesetzgebung immer treu ergeben. Dr. Karsten Jessen schüttelt nachdenklich den Kopf.

Christian ist zwar ein desillusionierter Pfleger, manchmal ist sein Ton rau und barsch, aber eigentlich ist er ein großer Menschenfreund. Die Schiller würde wahrscheinlich wieder die Sitzung leiten. Die einzige unbekannte Person würde die Schwedin sein. Übermorgen, so denkt er, werde ich bei dem Fallgespräch die Position gegen eine PEG vertreten. Frau Rosenkranz wird dann in absehbarer Zeit mit guter palliativer Versorgung sterben.

Das Fallgespräch

„Herzlich willkommen zur heutigen Besprechung. Schön, dass Sie da sind."

Es ist der einundzwanzigste November, drei Uhr. Frau Juliane Schiller, Sozialarbeiterin im Husumer Pflegeheim *Krokusblüte*, eröffnet das Fallgespräch:

„Frau Rosenkranz, haben Sie vielen Dank, dass Sie sich heute die Zeit für Ihre Mutter genommen haben. Schön, dass auch Sie, Herr Dr. Jessen, als langjähriger Hausarzt der Erkrankten die Anfahrt nicht gescheut haben. Herr Krüger, wir alle wissen, dass als Heimleitung ihre Zeit sehr begrenzt ist und dass Ihnen trotz allem die ethischen Entscheidungen am Herzen liegen.

Heimleiter Krüger nickt beflissen mit dem Kopf.

„Das ist nicht selbstverständlich", ergänzt Juliane Schiller. „Vielen Dank. Frau Persson, auch Sie darf ich begrüßen. Ihre Meinung als Logopädin von Frau Rosenkranz wird heute sicher besonders wichtig sein. Und Christian, soweit ich das mitbekommen habe, hast du Frau Rosenkranz vorhin auf dem Gang schon kennen gelernt, von der E kennst du ja Kiki –, ähm ich meine Frau Persson, und auch Herrn Dr. Jessen. Schön, dass auch du da bist. Soweit ich das sehe, müssten sich nun alle bekannt sein."

Die Anwesenden nicken kaum merklich mit den Köpfen. Sie sitzen um den runden Tisch im Besprechungsraum. Der Geruch nach frischem Kaffee durchzieht das bisschen Luft, das sie verbindet.

Helene hat sich, nachdem sie den Schreck ihrer Ankunft überwunden hat, mit dem Rücken zum Fenster an den Tisch gesetzt. Der Geruch ihrer Hände lässt die beiden Zigaretten erahnen, die wesentlich zu ihrer Beruhigung beigetragen haben. Ihre schwarze Kapuzenjacke hat sie über den Stuhl gehängt und nun wird der Blick auf die Tätowierung frei, die sich von ihrem schlanken Bizeps bis zur zarten Innenseite des Armes windet.

„Können wir nun –", der Heimleiter setzt zur Beschleunigung an. Er wird von Frau Schiller unterbrochen.

„Frau Anna Rosenkranz ist, wie Sie alle wissen, neunzehnhundertsiebzig geboren. Sie wohnt seit ihrem Schlaganfall vor zwei Jahren bei uns. Seitdem fällt ihr das Essen und Schlucken schwer. Vor einigen Tagen kam es zu einen neuen Schlaganfall und das Schlucken geht jetzt gar nicht mehr."

„Na dann ist ja alles klar." Der Heimleiter nimmt Fahrt auf:

„Eine PEG-Sonde muss gelegt werden. Dann halten wir den Body Mass Index und bekommen keinen Ärger bei der nächsten MDK-Prüfung."

Um sein Wissen an die anderen weiter zu geben, ob sie es wollen oder nicht, schreibt Krüger die Formel ans White-Board des Besprechungsraumes.

$$BMI = \frac{m}{l^2}$$

Er doziert:

„Der Body Mass Index wird genau so berechnet, wobei m die Körpermasse in Kilogramm und l die Körpergröße in Metern angibt."

Krüger holt schwerfällig Luft und fährt fort.

„Dieser palliative Spinnkram auf der E hat unsere Benotung beim letzten Mal von Note zwei auf drei verschlechtert. Das passiert mir nicht noch einmal. Christian, die Dokumentation war beim letzten Mal miserabel. Empathie? Gut und schön. Aber nur, wenn dazu Zeit ist und vor allem erst, wenn die eigentliche Arbeit erledigt ist. Merken Sie sich das. Für das Gesabbel am Patientenbett und das Gesäusel mit den Angehörigen werden wir hier nicht bezahlt. So schlimm sich das für Sie anhört."

Er wendet sich an Helene. „Wir sind auch ein Wirtschaftsbetrieb und unterliegen ökonomischen Sachzwängen. Mein Job ist es, darauf zu achten, dass das beachtet wird. Nur wenn das gelingt, sind wir zukunftsfähig und können auch nächstes Jahr noch für Ihre Mutter da sein. Das mit der Zuwendung besorgen bitte Sie, wir kümmern uns um die Rahmenbedingungen. Und seien sie versichert, wenn solche Besprechungen nicht verpflichtender Bestandteil meiner Arbeit wären, säße ich mit Sicherheit nicht hier. Ich habe, weiß Gott, genug zu tun."

Ein unangenehmes Schweigen liegt über der Runde.

Helene fährt aus der Haut. „Arschloch", hört sie sich sagen, „wenn das der Geist dieses Hauses ist, verstehe ich, warum Christian und Ove in letzter Zeit so komisch waren. Meine Mutter können Sie doch nicht versorgen und verwalten wie Ihre Besen in der Kammer."

Das Schweigen beginnt zu knistern.

„Ähm", beschwichtigt Frau Schiller, „wir haben sehr deutlich die Positionen von Frau Rosenkranz und Herrn Krüger gehört." Alle starren vor sich hin wie einsame Inseln im Ozean. Krüger denkt unruhig an den Telefontermin um vier mit den Krankenkassen. Er glotzt abwesend aus dem Fenster. Helene schluckt ihren Ärger. Christian schaut suchend nach Kiki. Diese ergreift das Wort. Ob es ihr angenehmer schwedischer Akzent oder der Inhalt ihres Vortages ist, weiß sie nicht. Jedenfalls erlangt sie die Aufmerksamkeit der Anwesenden.

„Frau Rosenkranz braucht keine PEG, es gibt logopädische Maßnahmen, mit denen wir versuchen können, den Schluckakt zu trainieren. Wenn es nicht geht, können wir immer noch über eine PEG sprechen. Wenn Dr. Jessen die Verantwortung dafür übernimmt und wir ein Protokoll zu unserer Sitzung anlegen, dann können wir sicher sein, dass es dem MDK ausreicht, weil wir versucht haben, den Patientenwillen herauszufinden und umzusetzen. Ich schlage vor, ich versuche das vier Wochen. Danach reden wir weiter."

Karsten Jessen, dem dieser Vorschlag gefällt, stimmt sofort zu. „Ja wunderbar", tönt er.

„Naja, wenn Sie das okay finden Doc", sagt Helene, „dann probieren wir es. Meine Vollmacht gilt ja auch für Gesundheitsfragen, also darf ich entscheiden." Sie holt Luft und neigt den Kopf zu Herrn Krüger. „Aber mit diesem Idioten rede ich nicht mehr."

Dieser ist in Gedanken bereits mitten in den anstehenden Pflegesatzverhandlungen.

Für immer dunkel

Anna Rosenkranz liegt in ihrem Bett und starrt an die Zimmerdecke. Wo ist das hier? Sie sieht Menschen kommen und gehen. Sie weiß nicht, wer sie ist und wie sie hierhergekommen ist. Sie mag es, wenn Menschen da sind.

Anna weiß nicht mehr, dass sie sterblich ist und Anna weiß auch nicht, dass sie lebt. Jemand streichelt ihren Arm, es fühlt sich weich und angenehm an. Jemand lächelt und Anna lächelt zurück. Spiegelneurone tun ihre Arbeit. Hautkontakt, angenehm. Wasser und gewaschen werden, manchmal zu heiß, manchmal zu kalt. Stimmen, auch Gedankenfetzen. Helene, Christian und Ove, Ionidis auch. Nasses Bett. Brennen. Hunger, nicht. Manchmal Essen, Husten und husten. Sie perseveriert, Kiki, Kiki, Kiki, Kiki, Kika, Kiku, Kiko Kik.

Stille, Dunkel. Keine Luft, Enge.

Ein Arm schlägt, *knack*, bittere Schmerzen, Muskel reißt. Entsetzte Augen.

Dunkel. Das biologische Notprogramm startet. Strampeln, Ringen um Luft. Die innere Stimme kreischt, *Hilfe!* Husten und Ringen. *Luft!*

Der Geschmack nach Blut. Zahn knackt. Nochmal Strampeln. Zucken, nur noch schwach. Dunkel.

Für immer dunkel.

Frau Rosenkranz ist tot

Sie ist tot. Juliane Schiller hat es erkannt. Die Bewohnerin hat den Raum verlassen und es ist der schwere Novemberwind, der den Duft nach erdigem Laub und bemoosten Dachpfannen dem Leben leise entgegen flüstert. Aus den Stürmen der Nacht ist bewegte Luft geworden, die spazierend die Höfe, Dünen und sanft die Grashälmchen umspielt. Zeit, um aufzuatmen. Im Studium hat sie wenig über das Lebensende erfahren. Zumindest blieb ihr aus dem Praxisbesuch im Schwerpunkt Altenhilfe die Zahl zwanzig. Denn zwanzig Prozent der Männer, die in jenes Pflegeheim zogen, das sie besuchten, starben in den ersten vier Wochen. Das kam ihr damals viel vor. Und trotzdem, als sie die Schwangerschaftsvertretung angenommen hat, ging sie nicht davon aus, einen Toten zu sehen. Sterben, das betrifft die anderen, hat sie immer gedacht.

Nun ist Frau Rosenkranz tot. Warum denkt sie eigentlich *einen Toten sehen* und nicht *einem Toten begegnen?*

Juliane Schiller, diplomierte Sozialarbeiterin, steht nachdenklich und ratlos in der Tür und rührt sich nicht von der Stelle. Sie ist berührt aber nicht betrübt, sie hat Frau Rosenkranz in ihrer ersten Arbeitswoche ein paarmal gesehen und sie ist ihr jetzt nur eine Spur fremder als zuvor. Die Zahl zwanzig hilft nicht weiter.

Es ist wie es ist schleicht sich in ihre Gedanken. Ja, sie hat sich frisch in diesen Hydrologie-Studenten verliebt, der ihr bereits an ihrem ersten gemeinsamen Abend seine Liebe gestanden hat.

Es ist wie es ist, sagt die Liebe, denkt sie. Das Gedicht hatte er ihr an ihrem zweiten Abend geschenkt. Ist es möglich, fremde Gedichte zu verschenken? Sie steht in der Tür und ist irritiert. Hier ist eine Tote, eine Frau, die ihr gestern noch ein Zwinkern schenkte, und deren Körper heute mit blauen Lippen und fahlem Gesicht leblos in ihrem Bett liegt. Und sie, Juliane Schiller, denkt an die Liebe.

Was ist der Tod und was ist die Liebe? Wo schmiegt sich das Sterben an die tiefe Menschlichkeit und wo wirft die Liebe dem Tod ein Seil über den Fluss?

Für sie war das Sterben immer eine leise Reise. War diese Reise von Frau Rosenkranz leicht und leise? Ihr kamen Zweifel. Das Gesicht der Toten ist ein wenig verzerrt. Die tote Frau Rosenkranz trifft das Bild eines „guten" Todes, so wie ihre Großeltern ihn verstehen, als Tod, der ehrwürdig und friedvoll angenommen wird, nicht. Sie zeigt aber auch nicht den „schrecklichen Tod", den die Medien Abend für Abend zeichnen und zeigen. Es ist wie es ist, vielleicht ist es das. Es ist der Tod von Frau Rosenkranz, den sie im Pflegeheim *Krokusblüte* alleine starb. Ist es nun das Leben, der Tod und die Liebe von Frau Rosenkranz oder ist es meine, fragt sich Juliane Schiller und beginnt, an sich als Sozialarbeiterin zu zweifeln. Warum denke ich im Anblick der toten Frau Rosenkranz über mich nach? Juliane Schiller verlässt die Pforte und sucht die Stationsleitung auf, denn es ist Zeit, um Meldung zu machen. Sie geht die leeren Gänge entlang. Ihr kommt ein Gedicht von Mascha Kaleko in den Sinn.

Die Nacht, in der das Fürchten wohnt, hat auch die Sterne und den Mond.
Juliane Schiller geht weiter, so auch ihre Gedanken.
Der Tag, der oft vom Sterben spricht, hat auch die Sonne, hat das Licht.

Ein kurzes freundliches und verwundertes Stocken. Ja endlich, denkt sie, das ist mein zweiter Teil zu Mascha Kaléko. So lange schon wollte sie eine Fortsetzung für dieses wünderschöne, so kurz Gedicht ersinnen. Sie ahnt, dass in Momenten, in denen der Tod und das Leben dicht beieinander liegen, sich besondere Gedanken zeigen.

Pfleger Ove ist auf dem Flur. Sie geht auf ihn zu.

„Frau Rosenkranz, ich weiß nicht genau. Ich glaube, dass sie ähm, also sie bewegt sich nicht und atmet auch nicht– "

Ove Hendriksson geht auf Juliane zu.

„Mädchen, sag doch einfach, dass sie tot ist", entgegnet Ove trocken und geht los, um die Formalitäten zu erledigen. Es ist sechzehn Uhr fünfzehn.

Der Totenschein

An diesem Montag herrscht in der Praxis von Dr. Jessen Hochbetrieb. Teneriffa ist zwar kaum zwei Tage her, doch der Praxisinhaber fühlt sich schon wieder urlaubsreif.

„Chef, Sie müssen nachher noch eine Leichenschau machen. Das Pflegeheim hat angerufen, Frau Rosenkranz ist gestorben. Komisch, Sie waren doch erst heute Mittag bei ihr. War da noch nichts zu erwarten, oder?"

Jessen räuspert sich und brummt „Nö, da war nichts zu erkennen. Sie war ziemlich krank. Ich mache das nachher, wenn wir die Bude hier leer haben. Wie viele noch? Es ist schon sechzehn dreißig."

Sandra Wagner, die schon seit vielen Jahren seine Helferin ist, berichtet. „Es sind zweiundzwanzig im Wartezimmer; drei Telefonate und noch eine Besuchsanfrage stehen an. So ein Psychokram. Sie wissen schon, Frau Maier von nebenan geht es mal wieder ganz schlecht. Eigentlich hat die doch nichts, oder?"

Fuck, denkt Dr. Jessen. Er sagt:

„Das sieht nach einem späten Feierabend aus. Mein Job ist eben nicht immer planbar".

Sandra kennt ihren Chef schon lange. Sie weiß, was er denkt und freut sich, dass er das bei sich behält.

„Okay Chef, ich bereite schon alles vor, dann geht es schneller. Wenn Sie mögen, komme ich nachher mit, um Ihnen zu helfen. Ich sag dann einfach, wir haben noch einen weiteren Fall."

„Danke Sandra, das ist lieb."

Sandra lächelt und ist froh, ihrem Chef etwas Entlastung verschaffen zu können. Um halb sieben machen sie sich auf den Weg zum Pflegeheim.

Die Untersuchung der verstorbenen Anna Rosenkranz folgt einem festgelegten Ritual. Zuerst nimmt Dr. Jessen Einblick in die Patientenakte des Pflegeheims. Meistens, so seine Erfahrung, findet er dort wichtige Informationen. Um wie viel Uhr ist die Patientin gestorben? Wurden die Angehörigen informiert und wer ist der Bestatter? Gab es besondere Vorkommnisse, die mit dem Tod in Verbindung stehen?

Bei Frau Rosenkranz hatte Ove Hendriksson alles ordnungsgemäß protokolliert. Der Tod wurde heute am Montag den einundzwanzigsten November um sechzehn Uhr fünfzehn gemeldet. Frau Schiller hatte die Nachricht überbracht. Die Tochter der Verstorbenen, Frau Helene Rosenkranz, war zuerst nicht zu erreichen; sie hatte sich später auf die Nachricht auf dem Anrufbeantworter hin zurückge-

meldet. Mit der Beisetzung ist das Bestattungs-
unternehmen Paulsen beauftragt. Karl Paulsen,
genannt Karl Kiste, hatte er schon im Flur gesehen. Die zweistündige Wartezeit, nach der
die Leiche untersucht werden soll, war lange
vorüber und Karl Kiste wollte heute Abend die
Champions League sehen, Borussia Dortmund
gegen Zenit St. Petersburg. Bis dahin wollte er
seine Arbeit erledigt haben. Er war nicht gut
auf Jessen zu sprechen, weil dieser, wie immer,
nur sehr gemächlich erschien, wenn es um die
Ausstellung von Totenscheinen ging. Er hatte
Dr. Jessen bewusst übersehen, als er das Pfleg-
heim betrat.

Jessen stellt bei seiner Untersuchung sichere
Todeszeichen fest. Die Leiche ist starr, die Pu-
pillen weit und entrundet und es sind deutlich
Totenflecke zu erkennen. Routinemäßig dreht
er die Verstorbene um. Auf der Rückseite der
Leiche findet sich nichts Auffälliges. Jessen är-
gert sich, dass der Blasenkatheter immer noch
nicht entfernt ist und dreht die Leiche zurück.
Er deckt sie zu. Er bleibt vor dem Bett stehen
und hält einen kleinen Moment inne. Zu sich
denkt er ein kurzes Carpe diem. Für Außenste-
hende wirkt es, als spräche er ein Gebet.

Er erkennt, dass der rechte Arm der Verstorbenen seltsam liegt. Hat er dies soeben beim
Drehen der Toten verursacht? Das konnte ei-

gentlich nicht sein, der Leichnam war ja völlig starr.

„Sandra, haben Sie den T-Schein?"

„Ja, hier bitte. Was glauben Sie Chef, wird Dortmund dieses Mal endlich die Champions League gewinnen?"

Jessen zuckt die Schultern und nimmt den Totenschein. Den füllt er wie immer im Zimmer des verstorbenen Patienten aus, denn im Stationszimmer ist zu viel Getöse.

„Keine Ahnung Sandra, ich finde, die haben eine bärenstarke Gruppe erwischt. Mal sehen was passiert, wenn die Gruppenphase vorüber ist."

Routiniert füllt Dr. Jessen den Totenschein aus. Es wird ihm wohl noch in vielen Jahren ein Rätsel sein, warum er an diesem Abend einen Fehler macht und damit das Schicksal von vielen Menschen verändert. Versehentlich setzt er bei der Frage nach nicht natürlichen Todesursachen das Kreuz bei *Ja*.

Die Folgen dieses Irrtums sollten ihn erst am Folgetag beschäftigen. An diesem Abend sieht er Fußball.

Keines natürlichen Todes …

Kommissariatsassistentin Katharina Becker

Katharina Becker beugt sich zum Nachttisch neben ihrem Bett. Sie sucht nach dem Mobiltelefon, unsicher, ob sie den Telefonwecker am Vorabend gestellt hat. Nach ungeschicktem Tasten weiß sie, es ist sechs Uhr dreißig. Sie kuschelt sich in ihre Decke, um dem Tag noch eine halbe Stunde Zeit zu stehlen.

Das Licht, das der November an diesem Tag zu bieten hat, ist schmutzig. Das graugelbe Schimmern unter der Gardine entbehrt jedem Reiz aufzustehen. Sie fühlt sich schwer und ohne auch nur einen Hauch von Energie. Katharina hat nie verstanden, warum der Winter auf den Sommer folgen muss. Wäre nicht der ewige Sommer eine gute Option für das Leben?

Soll sie auf der Dienststelle anrufen? Es wäre ein Leichtes, mich krank zu melden, denkt sie. Dann wandern ihre Gedanken zu Ole Sörensen, ihrem Kollegen. Ole ist fünfundvierzig Jahre alt und obwohl sie selbst erst siebenundzwanzig ist, verstehen sie sich bei der Arbeit fast blind. Häufig, so haben sie festgestellt, denken sie sehr ähnlich über ihre Fälle. Sie nehmen sich als Menschen und Kollegen wahr, die sich viel bedeuten, obwohl zwischen ihnen fast die biologische Zeitdifferenz einer Generation liegt.

Kurz bevor Katharina auf die Wache gekommen war, hatte Ole seinen Teampartner verloren. Rolf war beim Paragliding ums Leben gekommen. Ole hatte die junge Frau gesehen und überlegt, ob man ihm allen Ernstes ein solches Küken an die Seite stellen wollte. Katharina hatte ihn angesehen und ihm in ihrer freundlichen Art über diesen schwierigen Moment geholfen. Sie war sich ihrer Wirkung auf ihr Gegenüber durchaus bewusst und nahm wahr, wie in ihm eine Mischung aus Faszination für ihre Erscheinung, aus der Bewunderung ihrer intuitiven Möglichkeiten, eine Situation zu erfassen und zu gestalten, und dem Gedanken, dass so eine junge Frau das alles gar nicht können kann, miteinander im Wettstreit standen. Sie hatte die Spannung gespürt, die sich zwischen ihnen aufbaute.

„Magst du mitkommen? Ich möchte eine rauchen", sagte sie.

Sörensen hatte ein „Hmm" gebrummt und war ihr auf den Innenhof des Reviers gefolgt. Seit diesem Zeitpunkt waren sie Kollegen und es stand nie in Frage, dass zwischen ihnen die Form von Gleichberechtigung bestand, die aus der natürlichen Verbindung von zwei Menschen erwuchs, die der Vorgaben von außen durch emanzipatorische Bewegungen nicht bedurfte. Sie waren zwei Menschen, deren Umgang miteinander auf dem Respekt und der Faszination für die Besonderheit des Anderen beruht. Sie verband eine echte Freundschaft, die ihre Brücke über die Generationen und zwischen den Geschlechtern spannte.

Nein, selbst wenn sie heute nur für Ole zur Arbeit ging, würde sie es machen.

Ein abgebrochener Zahn

Frau Ionidis putzt das Zimmer, in dem Frau Rosenkranz gestorben ist. Tags zuvor hatte sie sich noch gewundert, dass es der Frau trotz ihrer schweren Erkrankung so gut gegangen ist. Aber immer wenn dieser Mann da gewesen ist, der mit kretischem Akzent und leisen Worten liebevoll in das Ohr von Anna flüsterte, schien sie besonders glücklich. Ob die beiden einst ein Paar waren? Frau Ionidis lächelt in sich hinein. Ihr schien das so etwas wie echte Liebe zu sein. Von zu Hause kannte sie eher die Version der Zweckgemeinschaft. Ihr Mann arbeitet bei einer Firma am Husumer Hafen, die Windkraftanlagen herstellt. Er sagt zwar immer, eines Tages machen wir damit in Griechenland Geld und dann geht es uns gut. Aber bisher hat sich nichts getan und sie, seine Frau, reinigt noch immer Tag für Tag die Zimmer im Pflegeheim *Krokusblüte*. Wann waren sie zuletzt im Kino, wann im Theater oder in Urlaub? Wann hatte ihr Mann das letzte Mal gesagt, wieviel sie ihm bedeutete? Bei der Hochzeit schon, aber an eine romantische Szene danach konnte sie sich nicht erinnern.

Bei Frau Rosenkranz und diesem Mann war das anders. Eine Frau merkt das sofort, denkt sie und öffnet die Tür.

Der Heimleiter hatte noch gestern Abend angerufen und gesagt, dass sie schleunigst das Zimmer von Frau Rosenkranz reinigen muss. Der nächste Bewohner sei schon informiert. Um sieben Uhr früh traf sie in der *Krokusblüte* ein. Frau Ionidis beginnt im Badezimmer. Wie jedes Mal schrubbt sie die Wände und reinigt die Sanitäraggregate. In der Toilette steht noch etwas Urin, wahrscheinlich der letzte, den Anna Rosenkranz gelassen hatte. Frau Ionidis wirft die restlichen Toilettenartikel weg. Als sie den Stiefelabdruck auf dem Boden des Badezimmers sieht, wundert sie sich zwar. Im nächsten Moment ist die Erde aber wie alles andere und wie immer akribisch entfernt. Auch die Blutstropfen im Waschbecken werden beseitigt. Komisch, denkt sie, als habe sich jemand blutigen Schleim von den Händen gewaschen.

Danach geht Frau Ionidis in den Wohnbereich. Sie rollt Annas Bettvorleger zusammen. Auch hier findet sie einen Stiefelabdruck mit Mutterboden, den sie abklopft. Das Pflegebett, das in der Ecke des Zimmers gestanden hat, wird gründlich von ihr gereinigt. Auf der Erde liegen auch einige Krümel, die so aussehen, als wäre ein Heimkissen kaputtgegangen. Aber wie hatte Anna es geschafft, das Kissen so zuzurichten? Frau Ionidis wischt weiter. Sie ist stolz darauf, dass es bei ihr keine runden Ecken gibt. Sie macht sauber, darauf verlässt sich sogar der mürrische Heimleiter Krüger.

In der gegenüber liegenden Ecke des Zimmers holt Frau Ionidis etwas mit dem Wischmopp hervor. Ist das der Rest einer Spielfigur? Frau Io-nidis ist sich nicht sicher und betrachtet ihren Fund genauer. Es ist ein halber Zahn, den sie zwischen Daumen und Zeigefinger geklemmt ihren Brillengläsern entgegen streckt.

Erschrocken lässt sie ihren Fund fallen. Schnell macht sie die letzten Handgriffe und das Zim-mer ist bezugsfertig. Als sie die Tür schließen will, blickt sie noch einmal zurück auf den Zahn, der in der Mitte des Raumes aufgekom-men ist. Was wird mehr Ärger geben, den Zahn verschwinden zu lassen, ihn liegen zu lassen oder sollte sie ihren Fund womöglich melden? Frau Ionidis eilt auf den Gang.

„Christian", schreit sie und eilt beinahe hyste-risch über den kahlen Gang.

Katharina Becker beugt sich dem Tag

Zeitgleich quält sich Kommissarin Katharina Becker aus dem Bett und geht zum Fenster. Das Licht dort draußen ist wirklich graugelb und trist. Sie streift ein T-Shirt über und schlurft in die Küche. Nach einem tiefen Schluck aus der Wasserflasche macht Katharina eine Bestandsaufnahme ihres Körpers. Alles lässt sich bewegen. Doch es meldet sich dieses lästige Ziehen in der Halsmuskulatur. Sie hat etwas Kopfschmerzen.

Da habe ich mich schon wieder verlegen, stellt sie missmutig fest, und sogleich denkt sie entlarvend, dass sie endlich anfangen sollte, Sport machen sollte. Ja, sie sollte sich ein regelmäßiges Training zulegen. Seit Monaten steht der Sport ganz oben auf ihrer persönlichen Agenda und seitdem sieht sie sich ausweglos in die Gruppendynamik einer ballspielenden Mannschaftssportart verwickelt oder alleine durch die Stadt joggen. Beide Alternativen erscheinen unbefriedigend genug, um nichts zu tun.

Unter der Dusche trifft sie den Entschluss, sich noch am selben Tag im Karateverein anzumelden. Anfängertraining. Sie trocknet sich ab und wünscht sich, dass das passagere Geschenk eines jugendlichen Körpers ihr möglichst lange erhalten bleibt.

Das Handy surrt im Wohnzimmer. Es knarzt im Mobiltelefon, Ole Sörensen ist an der Leitung.

„Moin, Ole."

„Haben gleich eine Formalie wegen eines verkehrt ausgefüllten Totenscheins zu erledigen. Dass diese dämlichen Ärzte nicht einmal das hinkriegen! Bist Du schon auf? Ich hole dich in fünfzehn Minuten ab."

Es klickt, das Telefonat ist beendet. Katharina ist diese kurze und einseitige Kommunikation mit ihrem wortkargen Kollegen gewohnt. Sie weiß nun, dass bei Ole heute früh alles in Ordnung ist.

Ove Hendriksson

Christian hat an diesem Tag frei. Ove Hendriksson hört den Schrei von Frau Ionidis. Er stellt das Tablett mit den Resten des Frühstücks auf den Tisch des Bewohners zurück.

Scheiße, bestimmt ist wieder eine aus dem Bett gefallen, denkt Ove. Vor seinem inneren Auge spielt sich schon das ganze Programm ab, das gleich anläuft. Notdienst anrufen, warten, auf Anordnung des ärztlichen Notdienstes Krankenwagen anfordern. Dokumentation in der Pflegedokumentation. Überstunde, unbezahlt. Eigentlich hatte er sich auf einen erfreulichen Tag eingestellt. Am Abend war er mit seiner neuen Flamme verabredet. Ein nettes Bier im Husumer Speicher. Da soll heute Abend *Rod* spielen. Der Mann war einfach gut. Rodrigo Gonzales von den Ärzten mit seinem Soloprojekt *MAS Shake*. Wenn es ihm dabei nicht gelingen sollte, die Schiller rumzukriegen, dann brauchte er es wohl nicht weiter versuchen. Ove geht gemessenen Schrittes auf den Flur. Alles ist ruhig, außer Frau Ionidis, die zitternd in der Mitte des Ganges steht.

„Christian ist nicht da, oder?"

„Nee, hat frei, was gibt's denn so schlimmes?" fragt Ove.

„Zahn, eher halben Zahn hab ich gefunden", stammelt Frau Ionidis.

„Zeigen Sie doch mal her, das ist doch bestimmt irgendein Rest von einer Porzellantasse und Sie haben die Klüsen nicht richtig aufgemacht!"
Ove ist genervt.

Er nimmt das Teil in die Hand. Tatsächlich handelt es sich um ein Stück Zahn; an der oberen Abbruchkante ist es sogar noch etwas blutig. Ove Hendriksson bedankt sich brummend bei der Reinigungskraft, steckt den Zahn in einen Müllbeutel und schließt ihn im Giftschrank der Station ein.

Er protokolliert die Ereignisse soweit er kann in der Stationsdokumentation.

Gegen 07:15 Uhr lautes Rufen auf dem Flur. *Die Raumpflegerin Ionidis zieht mich hinzu, weil sie im Zimmer Rosenkranz einen abgebrochenen Zahn gefunden hat. Der halbe Schneidezahn wird von mir angenommen und in einem Müllbeutel in den Giftschrank verbracht.* Ove ist sich sicher, dass sich niemand für diesen Vorgang, um den die Putze so einen Wirbel gemacht hat, interessiert. Immer diese hysterischen Weiber, denkt er.

Ove Hendriksson gießt sich einen Kaffee in den Becher mit der Gravur *Ove,* fummelt eine *Prince Denmark Cigarette* aus der Schachtel, öffnet das Fenster und genießt die frische Luft.

Ärger in der Praxis

Katharina Becker weiß, dass Ole sich über einen Kaffee freuen würde. Schnell zieht sie sich fertig an und bindet ihr schulterlanges rotes Haar zusammen. Sie setzt ihre Brille auf und kocht Espresso. Kurz darauf klingelt es an der Tür.

„Danke, dass du an mich gedacht hast." Ole folgt dem Kaffeeduft in die Küche.

„Ja, gerne."

„Irgend so ein Blödmann hat auf einem Totenschein angegeben, dass es sich bei einer verstorbenen Mumie aus dem Altenheim um einen nicht natürlichen Tod handelt. Die Staatsanwaltschaft ermittelt, na super. Diese ehrgeizige Trulla von Staatsanwältin ist gleich vor Ort. Der Bestatter hat ihr auch noch ins Ohr gesäuselt, dass er rechte Arm womöglich ausgekugelt ist. Nun haben wir die Suppe auszulöffeln, die ein Blödmann und zwei Wichtigtuer angezettelt haben. Ich denke, wir fangen mit dem Blödmann an, die Leiche ist schon auf dem Weg in die Gerichtsmedizin nach Kiel. Der Blödmann heißt Dr. Karsten Jessen und ist mein Hausarzt."

Die Kommissariatsassistentin schmunzelt. Die Aussicht auf nutzlose Arbeit hat Ole schon immer dazu gebracht, in kleine Wortgefechte zu verfallen.

Sie fahren bei der Praxis von Dr. Karsten Jessen vor. Wie immer genießen Katharina und Ole ihren Auftritt auch ein wenig. Dieses Mal macht Sandra Wagner, die die Berufsbezeichnung *medizinische Fachangestellte* mit einer ordentlichen Portion Stolz auf ihrem Namensschild trägt, einen Strich durch die Rechnung. Sie blickt hinter dem Computer und den Patientenakten auf. Ihr Gesicht verwandelt sich in ein breites Grinsen.

„Moin Ole. Sieh an. Heute hat es wohl wieder nicht geklappt, rechtzeitig im Kommissariat zum Dienst anzutreten, hm? Stimmt, gestern ist es ja auch spät geworden. Das ist mit den Toten ja nicht so schlimm. Wir, die wir für die Lebenden da sind, kennen Eile und Pünktlichkeit."

Sörensen ist genervt. Die forsche Art von Sandra Wagner entzündet seine Wut. Sandra Wagner wohnt unter ihm und scheint sein Leben durch die dünnen Decken und Wände akribisch nachzuverfolgen. Schon oft hat er gedacht, dass ihre Talente beim Geheimdienst besser eingesetzt wären als in dieser Arztpraxis.

Mit Blick auf Katharina Becker entgegnet sie:

„Willst du zum Doc und deine neue Flamme vorstellen?"

Ole Sörensen zügelt seine Erregung. „Hätte ich gewusst, heute dienstlich auf dich zu treffen, wäre ist gar nicht bei der Arbeit erschienen. Und nö, lass mal, Frau Becker ist meine Kollegin. Klar ist sie eine tolle Frau und es macht Spaß mit dem Gedanken zu spielen, wie es wäre, wenn wir zusammen wären. Dann kämen wir natürlich als erstes zu dir, damit auch alle die Neuigkeit erfahren. Oder, Katharina?"

Beide Damen erröten leicht und Ole ist das unangenehme Gefasel los.

„Sandra, wir sind dienstlich hier. Dein Chef hat mit dem Totenschein von gestern Abend einen Bock geschossen."

Eine ältere Patientin hat das Gespräch dezent verfolgt und verschwindet nun im Wartezimmer. Wahrscheinlich geht noch heute die Nachricht durch das Dorf, dass Dr. Jessen jemanden auf dem Gewissen hat.

Die beiden Kriminalpolizisten werden in ein leeres Sprechzimmer geführt. Als der Doktor das Zimmer betritt, ist es neun Uhr. Sörensen legt eine Kopie des Totenscheins vor.

„Nicht natürlicher Tod? Karsten, du hast den Totenschein doch ausgefüllt, stimmt das? Was hat dich dazu gebracht – "

„Ja, das war ich. Ein Fehler, ich dachte – " gibt Karsten Jessen zu.

„Und die Staatsanwältin besteht darauf, die Sache abzuklären", entgegnet Katharina Becker. „Bitte berichten Sie noch einmal schriftlich über die Auffindungssituation. Bis Freitag brauchen wir das."

Für sie ist die Geschichte erledigt und sie liegt schon fast auf dem Stapel erledigter Akten. Katharina Becker nimmt den Tabakbeutel aus der Jackentasche und dreht eine Zigarette.

„Schöner Mist. Bis Freitag dann – " sagt Sörensen.

Dr. Jessen braucht einen Kaffee.

Die beiden Polizisten gönnen sich eine gemeinsame Zigarettenpause. Eigentlich ist Ole schon lange Nichtraucher, aber eine von Katharina gedrehte Zigarette schlägt er nie aus.

Ein Rechtsmediziner
findet etwas

„Da kann man doch mal sehen – " Prof. Dr. Schubert-Schmidtmann ist in seine Arbeit vertieft. Er ist seit einigen Jahren Gerichtsmediziner in Kiel. „Da muss ein Hausarzt mit hellseherischen Fähigkeiten am Werk gewesen sein." Die Lippen der Toten sind in den Mundwinkeln dezent eingerissen. Es finden sich leichte Einblutungen der Mundschleimhaut. Die Mundhöhle birgt die Reste eines abgebrochenen Schneidezahns. Es ist noch ein zweiter Zahn abgebrochen, doch das fehlende Stück kann Dr. Schubert-Schmidtmann nicht finden. Der rechte Arm ist im Schultergelenk verdreht.

Aus dem linken Ohr gibt es eine dezente Blutung. Das hat er auch in seinem Protokoll vermerkt. Etwas mehr Klarheit hatte die Öffnung des Brustkorbs gegeben. Der Professor betrachtet die Lunge und sieht dort eine massiv geblähte Lunge. Im Bereich des Lungenfells gibt es heftige Einblutungen, ebenso am Herzbeutel. Milz und Leber weisen eine massive Blutfülle auf.

„Eindeutig", sagt Dr. Schubert-Schmidtmann zu dem Studenten. „Diese Patientin ist mit sehr großer Wahrscheinlichkeit erstickt worden."

„Herr Professor, ich habe in der Akte gelesen, dass es sich bei dem Obduktionsgut um eine Bewohnerin des Altenheims handelt. Was meinen Sie, kommen solche Taten da häufig vor?"

„Mein lieber junger Kollege, da wir jetzt nicht mehr über Befunde sprechen, sollten wir auch eine Sprache wählen, die von einer Frau und nicht von Obduktionsgut handelt. Und ja, viele dieser Mordfälle bleiben unerkannt. Typische Tatwerkzeuge im Pflegeheim sind Kissen und Plastiktüten. Für mich ist es immer gut, wenn ich sehe, dass da draußen der ein oder andere Sherlock Holmes unter den Hausärzten unterwegs ist. Ein Riesenlob an den Kollegen. Den rufe ich an. Vielleicht kann durch unsere Ergebnisse so einem Stinkstiefel, der harmlose Frauen erstickt, das Handwerk gelegt werden. Kommen Sie, wir gehen mal Pause machen."

Dem Studenten wird schlecht, als der Professor mit einer lockeren Bewegung eine Cola aus dem Kühlschrank hinter sich holt. „Naja, der im Personalraum ist kaputt", fügt er erklärend hinzu. Dem Studenten ist mulmig.

„Rauchen Sie?" fragt der Professor.

„Ja, manchmal", sagt der Student.

Der Professor eilt aus dem Saal. Im Personalraum liegt seine Pfeifentasche. Schubert-Schmidtmann liebt Flake-Tabake. Für seinen Navy-

Flake fährt er extra nach Dänemark. Das lässt sich gut mit ein paar Hot-Dogs mit roter Wurst verbinden, die er so liebt. Sein Bauch, der sich durch die Knöpfe des Kittels drängt, kündet davon. Der Student hatte schon mehrfach die Befürchtung, dass er im Falle des Abreißens des drittletzten Kittelknopfes von unten von diesem erschossen werde.

Der Professor rupft den Tabak und presst das Ergebnis vorsichtig in den Kopf, der für seinen fleischigen Kopf viel zu kleinen Bent. Er zündet die Pfeife an und pafft genüsslich einige Züge des glücklicherweise nicht aromatisierten Tabaks.

„Nä, wissen Sie, die Zahlen sind ernüchternd. Wir wissen aus Ländern, in denen mehr obduziert wird, wie etwa Schweden oder Japan, dass die Dunkelziffer in Deutschland ziemlich hoch sein muss. Ich hätte nicht wenig Lust, eine Fortsetzung von *House of God* zu schreiben, die im Pflegeheim spielt. Kennen Sie den Roman von Samuel Shem?"

„Ein bisschen, meine Freundin hat mir davon erzählt. Sie hat aber auch gesagt, dass ihr die ständigen Beschreibungen wilder Orgien im Krankenhaus auf die Nerven gegangen sind."

„Naja, naja dann hat sie wohl die besten Stellen überlesen. Sie schreiben jetzt den Bericht über diesen Fall und ich sehe nachher drüber, okay? Der Satz aus *House of God*, nur eine tote Aufnahme ist eine gute Aufnahme, gewinnt hier wohl eine neue Bedeutung."

Das Leben, eine Welle im Ozean

# Matala 1989

Auch heute schaufelt er im Hamburger Hafen Pistazien. Schon seit Tagen schippt er Berge von Pistazien in den riesigen erhitzten Ofen, wartet zwanzig Minuten und schaufelt die gerösteten Kerne wieder heraus. Jochen bekam am Tag zuvor für zehn Stunden Arbeit, fünf Liter Wasser und genauso viel ausgeschwitzter Flüssigkeit zehn Mark in der Stunde. So wird es auch heute sein. Mit einem Hunderter in der Tasche wird er nach Hause gehen.

Zu Hause, das ist schön. Anna und seine kleine Tochter Helene warten auf ihn. Wenn er erst mit der Band erfolgreich ist, kann er ihnen ein gutes Leben bieten.

Anna, denkt Jochen schwärmerisch. Er hatte sich sofort in sie verliebt. Anna ist die Liebe seines Lebens. Helene ist ihr gemeinsamer Sprössling. Mit neunzehn Jahren Vater zu sein, das ist mit Blick auf die ganze Lebenszeit zu früh. Helene ist in der Tat das Ergebnis einer ihrer ersten unbeholfenen Liebesnächte. Daran ist nichts zu ändern. Anna wollte sie unbedingt und schließlich hatte er eingewilligt, dass sie drei es zusammen versuchen sollten.

Mit dem Hundertmarkschein in der Tasche schlendert er kraftlos nach Hause. St Pauli Hafenstraße.

Mama, Mama, warum hast Du mich geboren? Oder hat mich der Esel im Galopp verloren? Jenseits von Eden ...

Ton Steine Scherben hämmern aus dem Fenster. Jochen mag die Musik und die Texte. Sie sind, so denkt er, vielleicht nicht mehr aktuell, aber modern sind sie immer noch. Rio Reiser, alias Ralph Möbius, hatte der Welt so viel hinterlassen.

Wenn die Leute ihm doch nur zuhören würden, denkt Jochen und bleibt stehen. Was sollte er, den seine Mutter wahrscheinlich im Galopp verloren hatte, mit diesem Leben anfangen? Pistazien schaufeln in Hamburg, Holz sägen im Schwarzwald, Weinernte im Rheingau? Jochen möchte nach Amerika und mit seiner Musik Karriere machen.

Vor drei Tagen hat Konstantinus Gregorioidis ihn nach Griechenland eingeladen. Sie haben sich beim Abladen eines Bananendampfers kennen gelernt.

„Komm mit mir nach Kreta", hatte Konstantinus gesagt. Seit vielen Jahren lebe er in Matala in den Steinhöhlen der Klippen. Er und seine Freunde seien die Überbleibsel des *Summer of Love*. Woodstock 1969, Kreta 1989.

„Deine Frau und dein Kind holen wir nach, wenn es eine Wohnung gibt", sagte er. „Denk an Alexis Sorbas von Kazantzakis. Das Leben ist gut, wenn man es lebt, wie es gelebt werden möchte. Es ist wie eine schöne Frau, die man verehrt. Es ist bunt, zerreißt dich heute und lässt dich morgen auf einer höheren Ebene wieder aufwachen. Was ist die Alternative? Drei Kinder mehr und ein Leben, das du dir weder vorstellen noch leisten kannst? Nein Jochen, glaub mir, auch die griechischen Frauen haben ihre Reize."

Seine Eltern brauchten Hilfskräfte in ihrer Olivenplantage und bei der Weinernte. Jemanden wie ihn, der Geld verdienen will. Nach Feierabend komme er nebenan nach Matala. Dort sei immer Zeit für Musik. Viele tolle Menschen werde er dort kennen lernen. Dort lebten auch US-Amerikaner.

„Und wenn du nach drei Monaten immer noch an sie denkst, dann holen wir sie nach. Wir fahren in einer Woche."

Die geplante Reiseroute führt über die französische Atlantikküste, Portugal und Italien nach Kreta. Sie könnten ihn als Decksmann an Bord nehmen, weil der alte Decksmann in Hamburg bleiben und eine Dönerbude eröffnen wolle.

„Darauf scheinen deine Landsleute zu fliegen. Ich mag das Zeug nicht, aber wenn man damit Geld verdienen kann, nun denn." Er halte sich mehr an Alexis Sorbas, das Leben sei gut, wenn man es lebt, wie es gelebt werden möchte.

Jochen erwacht aus seiner Tagträumerei. Am heutigen Tag ahnt er leise, dass er in drei Tagen anheuern und Anna und Helene ohne ein Wort verlassen wird, überzeugt, beide schon bald in ein besseres Leben in Griechenland nachzuholen.

Tierpark

Manchmal kann Helene den Lärm der Welt nicht ertragen. Dann ist ihr auch in der Stille zu viel Geräusch. So auch heute. Seitdem sie gestern vom Tod ihrer Mutter erfahren hat, sitzt sie auf der Couch, raucht und sucht die innere Ruhe im Außen. Ihre Gedanken flattern wie Zimmervögel, die seit Stunden keinen Platz zum Landen finden. Ihre Gefühle sind ausgeflogen.

Es wird schon wieder dunkel, als es an ihrer Tür klingelt. Verstört blickt sie durch den Rauch zur Tür.

Der Mann und die Frau haben auf der Couch Platz genommen, dort, wo sie die letzten Stunden verbracht hat. Sie sitzt nun auf dem Stuhl. Sie reden belanglos über ihre Freistellung von der Arbeit, über das Begräbnis, die Papiere und das Husumer Pflegeheim.

Der Mann, der sich als Ole Sörensen vorgestellt hat, schaut sie ernsthaft an und sagt:

„Frau Rosenkranz, wir sind von der Mordkommission und wir ermitteln im Fall Ihrer Mutter."

Helene erwidert das Intro des Kommissars mit einem Schulterzucken.

„Anfangs war es nur ein Verdacht, quasi ein Missverständnis, weil Dr. Jessen, der ja auch Ihr Hausarzt ist, scheinbar fehlerhaft im Totenschein einen nicht natürlichen Tod attestiert hat."

„Was heißt denn hier anfangs?", fragt Helene.

„Die Staatsanwaltschaft und die Gerichtsmedizin haben sich eingeschaltet. Ihre Mutter wurde ermordet", sagt Ole Sörensen.

„Ermordet? Wer sollte denn so etwas machen?"

„Da hoffen wir, ehrlich gesagt, auf Ihre Unterstützung."

Helene bleibt stumm.

„Wo waren Sie gestern zwischen viertel vor vier und vier Uhr nachmittags", fragt Sörensen.

„Um drei war im Heim dieses Gespräch. Um halb vier waren wir pünktlich fertig, zum Glück. Danach bin ich zu meiner Freundin gegangen und wir sind mit ihren zwei Kindern in den Tierpark gefahren. Die Kleinen hatten sich das schon lange gewünscht."

„Wann sind Sie bei ihrer Freundin eingetroffen?"

„Das muss um kurz nach halb vier gewesen sein. Der Kleine war schon aus der Schule zurück."

„Kann ihre Freundin das bezeugen?"

„Natürlich. Sie können sie ja anrufen."

Helene Rosenkranz schreibt eine Ziffernfolge auf einen Zettel und gibt ihn Ole. Dieser nimmt ihn entgegen und erwidert:

„Das werden wir tun."

Katharina Becker hat sich zwischenzeitlich in der Wohnung umgeschaut, kommt zurück und schaltet sich ins Gespräch ein.

„Ist die Freundin, mit der Sie unterwegs waren, eine gute Freundin?"

„Ja, das könnte man so sagen."

„Das heißt, sie würde Ihnen in der Not womöglich auch zu einem Alibi verhelfen, wenn Sie eines bräuchten? Vielleicht sind Sie doch nicht so pünktlich dort eingetroffen?"

„Was erlauben Sie sich!" Helene springt auf und schaut scharf der Kommissarin entgegen. „Ich habe gerade meine Mutter verloren und Sie spazieren hier in meine Wohnung, erzählen nebenbei, dass sie ermordet wurde, und verdächtigen auch noch mich, die Mörderin zu sein. Das reicht! Raus!"

Helene bebt. Die silbernen Ringe am Nasenflügel und an den Ohren zittern. Ihre Hände suchen und finden den Tabak. Rauchend geht sie im Zimmer auf und ab. Ole Sörensen spürt, wie sehr sie sich wünscht, alleine in der Wohnung zu sein, und wendet sich dem Fenster zu. Katharina Becker verfolgt die junge Frau mit ihrem Blick.

„Wie alt sind Sie?", fragt sie.

„Was soll das?", entgegnet Helene scharf, öffnet das Fenster und atmet frische Luft. Nach einer Handvoll Atemzügen wendet sie sich um und zischt:

„Sie verstehen doch gar nichts".

„Was verstehe ich nicht?" Katharina versucht das Gespräch fortzuführen, doch es wird unwirsch mit einem „Gehen Sie" von Helene beendet. Sie verschwindet im Nebenzimmer.

„Sie hören von uns", rufen Ole Sörensen und Katharina Becker ihr hinterher und verlassen die Wohnung.

 Feierabend

„Hast du das gesehen? Die geht auf und ab wie ein Raubtier im Käfig." Katharina bindet ihre Haare zusammen.

Sie gehen zu ihrem Auto, Ole Sörensen ist verärgert. „Was sollte denn dieser Auftritt? Seit wann führst du dich so harsch einer Frau gegenüber auf, die gerade ihre Mutter verloren hat? Es gibt keine Indizien, die für sie als Täterin sprechen. Gut, sie war nicht sonderlich überrascht von der Tatsache Mord. Auch nicht tränenüberströmt. Doch du kannst den Leuten nicht vorschreiben, wie sie zu trauern haben, damit du ihre Trauer erkennst und sie nicht unmittelbar unter Mordverdacht stellst."

Katharina Becker ist empört. „Eine wehrlose Frau ist brutal ermordet worden. Ihr wurde das Gesicht so lange gewaltsam bedeckt, bis sie erstickt ist. Vielleicht solltest du das nicht vergessen, wenn wir über potenzielle Täter und Täterinnen reden. Du redest immer von Fakten, dann schau sie dir an. Die Wohnung, die wir gerade gesehen haben, wurde noch vor zwei Jahren von *zwei* Frauen bewohnt. Eine davon ist ins Heim gezogen."

Katharina Becker hat Fahrt aufgenommen. „Nun sag mir, wo hat Helene die Existenz ihrer Mutter belassen? Nirgends. Sie hat sie aus ihrem Leben verbannt. Die Wohnung ist spärlich bestückt mit Jugendmöbeln, der halbschwarze Tabak hat auch den letzten Winkel der Wohnung eingenommen und als einziges Andenken blieb ein Rahmen in Miniatur mit einem Passfoto von Anna Rosenkranz neben der Tür. Anstand, vielleicht, und der ist schon auf dem Weg nach draußen. Nein Ole, schau genau hin, das riecht nach familiären Zerwürfnissen. Wir müssen dringend Dr. Jessen danach befragen."

Die beiden steigen in den blauen Ford Escort Baujahr 1984, den Ole Sörensen seit einer kleinen Ewigkeit fährt. Beim Ausparken holpern sie über zersprungene Dachpfannen.

Soeben hat Ole Sörensen seine Kollegin nach Hause gebracht. Er fährt zwei Straßen weiter in sein eigenes Refugium. Seitdem seine Lebensgefährtin vor einem Jahr mit ihren Zwillingen ausgezogen ist, um in Berlin zu leben, bewohnt er die Wohnung alleine. Die Trennung kam für ihn sehr überraschend. Mit Silke, dachte er, würde er die nächsten Jahrzehnte verbringen. Er hatte sie beim Joggen kennengelernt. Er hat sie angesprochen, nachdem sie sich über Wochen interessiert aus den Augenwinkeln beobachtet hatten. Mit seinem Ersparten kaufte er die Vier-Zimmer-Loftwohnung. Hier wollte er seine Familie gründen, hier hatten sie ausreichend Platz. Die Jungs mochten ihn. Sie hatten gute anderthalb Jahre miteinander, bis die Probleme zwischen Silke und ihm begannen. Eines Tages eröffnete sie ihm die Trennung und zog mit den Zwillingen aus. Ein neues Leben in Berlin anfangen, so hatte sie es genannt. Er hatte das nicht verstanden. Ole Sörensen wusste um die Unstimmigkeiten, die zwischen ihnen lagen, doch seine Liebe war durch solche alltäglichen Reibereien nicht zu beeindrucken. Silke sah dies wohl anders. Seitdem vermisst er die Zwillinge und versucht jede Gelegenheit zu nutzen, um abends mit ihnen zu skypen.

Die ersten Wochen nach der Trennung von Silke und den Kindern brachten sein Leben ins Wanken. Zur gleichen Zeit verlor er seinen Teamkollegen, mit dem er seit der Schulzeit befreundet und seit Jahren den Mördern und Kleinganoven in und um Husum aufgespürt hatte.

Als Ole Sörensen in die Tiefgarage einfährt, denkt er an diese Zeit zurück. Abends und nachts hat er sich gehen lassen. Er begann wieder zu rauchen und die Whiskey-Flaschen stapelten sich auf dem Wohnzimmertisch. Er bekam Ärger bei der Arbeit und mit den Nachbarn. Sein Vater, damals frisch verrentet und besorgt um seinen Sohn, hat ihn zu jener Zeit einige Wochen lang besucht.

Bei einer guten Flasche Rotwein legte er eines Abends einen Schlüsselbund auf den Tisch und eröffnete Ole unvermittelt, dass er die Nachbarwohnung erworben habe. Mein Sohn, es wird Zeit, dass wir zusammen rücken, verkündete er. Er brauche neue Perspektiven für eine neue Lebensphase und er habe in den Wochen in Husum begriffen, dass das Beste für ihn und für seinen Sohn ein gemeinsames Leben im Husumer Süden sei. Sie brauchten sich doch gegenseitig. Die Tage zuvor hatte Ole Sörensen sich vor allem bemüht, sein Leben in den Griff zu bekommen, weil mit einer soliden Lebensführung die Abreise seines Vaters in Aussicht stand.

Zwei Monate später war die Nachbarswohnung vollständig bezogen und sein Vater in seliger Stimmung und in froher Erwartung für seinen Ruhestand. Zur damaligen Zeit erschütterte der Mord an einer Stadträtin die Stadt und Ole Sörensen fand die Leidenschaft für seine Arbeit wieder. Es war auch die Tötung der Stadträtin, die aus Katharina Becker seine Kollegin machte. Schon damals bewährte sich ihre Zusammenarbeit und innerhalb weniger Tage lüfteten sie die Geheimnisse um den Mordfall, die aus dem Rathaus zum privaten Umfeld und vor allem zur Lebensversicherung der Toten führten. Die Presse überschlug sich mit positiven Resonanzen über die Ermittlungserfolge.

Zur Feier lud Ole Sörensen seine junge Kollegin auf einen gepflegten Abend zu sich nach Hause ein, denn angesichts der Ermittlungen hatten sie noch keine Zeit gefunden, sich privat kennenzulernen. Ole Sörensen garte Coq-au-vin, saugte die Wohnung und legte *Debussy* in den CD-Spieler. Der Abend verlief gut. Sie hatten sich viel zu erzählen, sie lachten und Katharina Becker genoss den delikaten Wein und das vorzügliche Essen. Als nach und nach die Lichter in der Stadt erloschen, klingelte es an der Haustür. Oles Vater bemühte sich kaum, den Vorwand für seinen Besuch, seine Lesebrille zu suchen, den Anwesenden glaubhaft zu machen.

Katharina, schön, dass wir uns endlich kennenlernen. Ich bin Kurt, der Vater von diesem Prachtkerl hier, schallte es durch den Flur. Mit einer kleinen Geste zu seinem Sohn und nach einem kurzen Händedruck mit der Kommissarin nahm Kurt Sörensen Platz im *Grand Repos* der Designermarke *Vitra*. Seit seinem ersten Besuch ist der Designersessel, für Ole ursprünglich eher als Ausstellungsstück möbliert, der bevorzugte Sitzplatz des älteren Herrn. Die Frage, ob er auch ein Glas Wein wolle, quittierte er mit einem ein Nachdenken vortäuschenden „Ach ja, gerne".

Als Ole mit dem Glas Wein aus der Küche zurückkam, hatte sein Vater Katharina Becker schon in seine Geschichten über die wichtigsten Theaterbühnen der Welt verwickelt.

„Und damals in Paris an der *Comédie-Française*, ich sage dir, das Publikum tobte anlässlich unserer Aufführung des *Hernani* von Victor Hugo. Damals haben wir Geschichte geschrieben. Ich sage dir, das war ein Schauspiel! Die Salle Richelieu bebte. Und du hättest die schönen Mädchen am Pariser Theater sehen sollen, die Feiern nach den Auftritten in St. Germain und in den Gärten des *Palais Royal* wird keiner von uns je vergessen haben. Ja, und in Wien, *Hamlet* im Burgtheater – "

Kurt Sörensen erzählt unermüdlich weiter. Während Ole ihm das Glas reicht und dabei seine Augen verdreht, steht die Aufmerksamkeit seiner Kollegin im Bann des Wiener Theaters. Diese Geschichten sollten auch noch die nächste Stunde füllen.

Als Ole Sörensen später seine Kollegin an der Tür verabschiedet, sagt er entschuldigend „Mein Vater ist ein Hochstapler. Er weiß nur selten, welche Rolle er gerade spielt. Es tut mir leid. "

„Ach Ole, ich mag ihn", erwiderte sie. „Lassen wir ihm seine Geschichten. Er meint es gut mit dir."

Mit einem flüchtigen Blick war sie verschwunden.

Ole Sörensen parkt den Ford Escort. Noch am selben Abend hatte er entschieden, Katharina nicht mehr zu sich nach Hause einzuladen. In dieser Hinsicht hat er auch dem Drängen seines Vaters nicht nachgegeben. Eine Selbstinszenierung dieser Art könnte er nur schwer noch einmal ertragen. Er versuchte, sich mit seinem Vater zu arrangieren, und er schätzte und pflegte den Kontakt mit seiner Kollegin.

Beide sind aber zu trennen, denkt er, als er rasch die Treppen in seine Wohnung nimmt, um in seine Joggingschuhe zu schlüpfen.

Den Kopf frei kriegen

Helene ist auf Amrum übergesetzt. Dort kennt sie einen verlassenen Parkplatz, hübsch in den Dünen gelegen und besonders in der Winterzeit kaum angefahren. Es war schon Nacht, als sie ihren Berlingo halb hinter einem Busch verborgen geparkt hat.

Die letzte Stunde war sie damit beschäftigt, das Gepäck, das in Eile in den Kofferraum befördert wurde, zu ordnen, und sich auf die Nacht vorzubereiten. Die Luftmatratze liegt im Wagen, bereit für die Nacht, Kissen und Schlafsack darauf. Das restliche Gepäck hatte sie auf den Vordersitzen aufgestapelt. Sie hoffte, dass der Berg beim nächsten Öffnen der Türen nicht in die Dünen kippte. Sie war nicht zimperlich, aber Sand in den Klamotten, das konnte sie beileibe nicht gebrauchen.

Soeben hat sie sich eine Zigarette angezündet. Sie mag es, verborgen in der Nacht der Brandung zu lauschen, den Sturm auf der Haut und in den Haaren zu spüren und die ungezähmte Natur in sich einzusaugen. Der dicke Teppich, der einst ihrer Mutter gehörte, unter ihr, hat sie sich ausgebreitet und blickt auf das Meer. Die Beine hält sie fest umschlungen.

Helene ascht in den halb gegessenen Teller Pasta. Sie braucht Abstand zu dem, was sie getan hat, und zu den Geschehnissen der letzten Tage.

Südafrika 1991

November. Jochen fuhr durch das Tor der Farm von Hank van der Merve. Es hatte seit Wochen nicht geregnet. Etwas außerhalb von Louis Trichard war die asphaltierte Straße in eine Sandpiste übergegangen. Über der Einfahrt protzte nun in gewaltigen Lettern die Kilometerangabe bis zum Farmhaus. Dreißig Kilometer. Jochen drückte aufs Gaspedal. Es staubte und eine Wolke aus Dreck und feinstem Sand verfolgte den Toyota auf seinem Weg zum Farmhaus. Die untergehende Somme geleitete mit ihren immer länger werdenden Strahlen das Ensemble über die rote Savanne. Nach fast genau dreiunddreißig Kilometern stoppte Jochen vor einem gewaltigen Gebäude, das plötzlich aus der Dämmerung aufgetaucht war.

Hank van der Merve stand mit seinem Bruder vor dem Farmhaus. Hank war ungefähr 195 groß und mochte gute 11o Kilogramm wiegen.

Jochen kurbelte das Fenster herunter, das knarzend seinen Dienst tat.

„Good Evening Sir, I am Jochen…"

Van der Merve drehte sich um und furzte laut und vernehmlich. Jochen kratzte sich am Kopf und überlegte, was er über die Nachfahren der Voortrekker wusste. Ihm wurde klar, dass er sich, indem er van der Merve auf Englisch angesprochen hatte, einen kapitalen Fehlgriff geleistet hatte.

„Goie naand!" Jochen versuchte ein zweites Mal sein Glück. Er verwendete ein Idiom aus dem Afrikaans. Van der Merve grinste und entließ einen Strahl von schwarzer Kautabakbrühe zwischen seinen schwarzen Zahnruinen.

Jochen nahm einen dritten Anlauf, diesmal auf Deutsch, weil er Afrikaans nur bruchstückhaft beherrschte.

„Guten Abend Herr van der Merve, ich bin Jochen Walter."

„Heil Hitler! Schön, dass du da bist. Wenn sich einer von diesen Schweinepriestern hier blicken lässt, würde ich ihm am liebsten die Rübe runterpusten. Diese verfickten Engländer können mich mal! Zuerst klauen sie uns unser Zuhause, dann haben wir uns wieder eingerichtet und die Burschen sind schon wieder am Start. Na, Sie sind wenigstens keines von diesen Wildschweinen. Sie kommen wegen der Süßkartoffeln, oder!"

Hank van der Merve winkt ihn ungeduldig mit der Hand heran. Durch einen langen Flur, an dessen Wänden sich eine umfängliche Trophäensammlung befindet, betreten sie die Küche des Farmhauses. Frau van der Merve hat das Abendessen zubereitet. Auf dem Tisch steht ein Teller mit Trockenfleisch.

Frau van der Merve deutet mit der Hand auf den Teller und lädt Jochen freundlich ein, von den Streifen zu nehmen.

„Biltong!" sagt sie und schiebt den Teller dem Gast entgegen.

„Lecker", sagt Jochen und bedient sich erneut. „Nachdem ich in Johannesburg mit der *South African Fruit Company* gesprochen habe, können wir Ihre Waren gut an den Mann bringen."

„Ja, dieses seltsame Wirtschaftsembargo wegen dieses Hottentotten auf Robben Island ist schon ein ziemlich starkes Stück. De Klerk gibt sich alle Mühe mit diesen Europa-Heinis klar zu kommen, aber offiziell geht das eben nicht. Na, nun gibt es ja zum Glück eine gute Lösung, um unser Zeugs in Europa loszuwerden. Danke, dass du gekommen bist, Jochen."

„Na ja, ist ja auch für mich kein schlechter Job. Damit kann ich meinem kleinen Handel auf Kreta so richtig auf die Sprünge helfen. Das läuft bis jetzt nicht ganz so rosig. Aber nach Europa, da will ich nie mehr in meinem Leben zurück, zu spießig, zu eng, zu kleinkariert. Und ob nun Mandela ein bisschen gezwiebelt wird oder nicht, ist mir ziemlich Wurst. Sie liefern mir die Süßkartoffeln aus Südafrika, in Iraklion habe ich Kisten mit der Aufschrift *Product of Israel*, wer sollte sich denn dafür interessieren? Das kümmert doch eh keinen!"

Van der Merve grinst breit.

„Ich bekomme einen guten Preis, wenn ich unter dem jüdischen Pseudonym Rosenbaum verkaufe. Du bekommst ein bisschen was ab. Davon haben wir dann beide was! Weißt du Jochen, bist ein feiner Kerl. Wenn du Lust hast, wandle ich ein paar Raten in eine Sachzahlung um."

„Wie ist das gemeint, Hank?"

„Na ja, ganz einfach. Du bekommst eine Kontovollmacht für ein Unterkonto bei meiner Bank. Niemand kann sehen, wie das Geld zu dir kommt. Du erhältst lebenslanges Wohnrecht in einem Haus der Familie van der Merve. Keine Miete, viel Geld, nirgends offizieller Gebrauch deines Namens. Dafür lohnt sich die kleine Umetikettierung ganz sicher."

„Ja Hank, das ist ein Wort."

Beide Männer schließen das Geschäft zufrieden mit einem Handschlag ab. Misstrauen scheint ihnen nicht angebracht.

„Geschäft unter Männern!"

„Jawohl, Hank."

Die Herren gehen befriedigt und wohlgestimmt zum informellen Teil des Abends über. Nach dem Abendmahl, einem hervorragend zubereiteten Truthahn, kaut Jochen auf dem Weg auf dem Weg zum Wagen lässig auf einem Stück Biltong herum. Sie treffen auf Walther, den Vorarbeiter der Farm. Walthers Haut ist schwarz und makellos. Seine weißen Zähne strahlen. Er lächelt Jochen freundlich zu. Auf seiner Schulter ruht ein Elefantenstoßzahn.

„Lust auf noch schnelleres und gutes Geld?", fragt van der Merve. „Walther hat heute einen kleinen Ausflug in den Krüger Park gemacht. Damit bessert er seine Kasse auf. Aus dem Boy wird am Ende noch ein richtiger Geschäftsmann."

Van der Merve lacht dröhnend und hält sich den Bauch unter dem schmierigen Hemd. „Ich zwinge ihn zwar ein wenig zu seinem Glück, weil ich weniger zahle als er für Frau und Kinder braucht, aber so ist dieser Bimbo wenigstens geschäftstüchtig"

„Nein, lass mal Hank. Bin zu selten hier, könnte mich nicht drum kümmern", stammelt Jochen und ist erleichtert über seine Notlüge.

Auf dem von großen Scheinwerfern beleuchteten Hofplatz angekommen, entdecken die beiden Männer einen schwarzen Arbeiter, der eine Flasche Schnaps ansetzt und einen kräftigen Schluck nimmt. Mit einer Geschwindigkeit, die Jochen dem Hofherrn nicht zugetraut hätte, hat dieser seine Pistole aus dem Gürtel gerissen. Er zielt kurz und drückt ab. Glas splittert, der Arbeiter fällt ohnmächtig vor Schreck in sich zusammen.

„Kann von Glück reden, dass ich ein verdammt guter Schütze bin. Ich habe diesen borniertem Kaffern schon mehr als einmal gesagt, dass ich dieses Saufen nicht akzeptiere!"

Jochen ist sprachlos. Um sich vom Schreck zu erholen, lässt er seinen Blick über den ausgeleuchteten Hof schweifen. Sein Blick bleibt an einem Holzgerüst hängen, auf dem ein lebendiges Surren und Krabbeln von Myriaden von Fliegen zu erkennen ist.

„Was ist das, Hank?"

Van der Merve geht zu dem Gerüst, und wirbelt ein wenig mit der Hand durch die Luft. Unter den Fliegen kommen Fleischstreifen zum Vorschein.

„Biltong" erwidert er und bricht in schallendes Gelächter aus.

Welle und Ozean

Juliane Schiller erinnert sich an eine Geschichte, die sie in einem Studienseminar
über Sterbebegleitung und Sterbehilfe gehört
hat. Ein Palliativmediziner hatte sie erzählt.
Diese Geschichte scheint ihr eine schöne Antwort auf die Angst vor dem Sterben zu sein.
Er erzählte diese Geschichte.

*Ich besuchte über mehrere Wochen die Pa-
tientin Frau I. im Endstadium einer Lungen-
krebserkrankung. An einem der Besuchstage
begleitete mich eine Schülerin, die in ihrem
Praktikum die Palliativmedizin kennen lernen wollte. Wir waren im Sterbezimmer. Die
Patientin lag im Bett und ihre Freundin saß
neben ihr auf der Bettkante. Die Praktikantin
und ich haben auf dem Sofa Platz genommen.*

*Frau I. sah die junge Frau an und fragte ‚Ist es
für dich okay mit einer Sterbenden zu sein?‘
Ihre Augen waren fest in das Gesicht der
Schülerin gerichtet, die vorsichtig den Blick
erwiderte und kaum merklich nickte. Frau I.
sprach weiter, nachdem sie das Einverständ-
nis der jungen Frau wahrgenommen hatte.*

,Weißt du, der Doktor hat mich gut mit Medikamenten eingestellt. Ich habe keine Schmerzen und bin trotzdem nicht so abgeschossen, dass ich nicht mehr am Leben teilnehmen könnte. Ich bin ihm sehr dankbar, dass er mich nicht niederspritzt. Ich genieße den besonderen Luxus, bewusst sterben zu dürfen.

Ohne Umschweife: Sterben ist schrecklich, weil man nicht weiß, was kommt. Vor allem aber denke ich die ganze Zeit ,Wie geht es meinen Angehörigen, wenn ich nicht mehr da bin?' Ich selber habe ein reiches Leben geschenkt bekommen, ich habe nichts versäumt und habe auch keinen Groll in mir. Ich habe Angst davor, auf andere angewiesen zu sein und mich den anderen in meiner Hilflosigkeit zumuten zu müssen. Ich habe Angst vor Schmerzen und davor, nicht mehr ich zu sein.'

Die Praktikantin schluckte, den Blick fest in das Gesicht von Frau I. gerichtet. Diese holte etwas Atem und trank einen Schluck Wasser. Als die junge Frau sie ansah, erkannte Frau I. die Erlaubnis zum Weiterreden.

,Ich möchte dir ein Bild schenken, das aus dem Buddhismus kommt und das ich in mir trage. Ich denke, dass es das Leben und das Sterben gut beschreibt.'

Frau I. sammelt ihre ruhigen Worte.

‚Alles Leben ist wie das Meer. Im Meer tür-
men sich Wellen auf, erreichen ihren Gipfel-
punkt, brechen und laufen aus. Während sie
auslaufen, löst ihr Schwung eine neue Welle
aus. Diese bleibt im Ozean, um dasselbe zu
tun wie die Welle, aus der auch sie hervorge-
gangen ist. Meine Welle ist gebrochen, das
spüre ich deutlich.'

Es entsteht eine kurze Pause. ‚Ich hoffe, du
kannst dieses Bild für dich gebrauchen', fügt
Frau I. an.

Es ist still im Zimmer.

Frau I. beendet ihre Erzählung.

‚Das Leben ist unendlich, großartig und
wunderschön. Das Leben zu verstehen, das
hieße, das Ziel des Ozeans zu kennen. Ich
habe als Welle den Ozean nicht verstanden.
Das ist aber auch nicht die Aufgabe von Menschen. Ich habe eine Zeit lang seine Oberfläche zieren, meine Aufgabe erfüllen und die
Energie des Lebens tragen dürfen.'

Durcheinander

Juliane sitzt etwas durcheinander in ihrem Büro und beendet soeben ihr kurzes Frühstück mit Cappuccino und Croissant. Die letzten zwei Tage waren sonderbar. Erst hatte sie die Tote gefunden. Dann war ihr diese Geschichte aus dem Studentenseminar wieder eingefallen. Nein, vorher hat sie Ove den Tod von Frau Rosenkranz gemeldet. Als er merkte, wie sie am ganzen Körper zitterte und fror, hat er ihr einen Kaffee gekocht. Sie hatten eine halbe Stunde geredet und danach ging es ihr besser.

Ove, der offenbar viel mit Tod und Sterben zu tun gehabt hatte, sagte, dass man immer mal Abstand haben müsse. Er ginge dann mit netten Menschen ein Bier trinken mit ein wenig netter Musik dazu.

Er hatte sie für gestern Abend in das Kulturzentrum Speicher eingeladen und sie hatten einen schönen Abend miteinander verbracht. Juliane war nicht unglücklich, als der Abend in ihrer Wohnung und in ihrem Bett endete. Der Hydrologie-Student war vergessen. Ove war sehr zärtlich gewesen. Sie hatten sich in dieser Nacht dreimal geliebt und Juliane fühlte sich zufrieden. Ove war in ihrer Wohnung geblieben und hatte noch geschlafen, als sie ging. Er hatte heute frei und in Aussicht gestellt, für sie gekocht zu haben, wenn sie nach Hause kam. Juliane freute sich auf das romantische Essen bei Wein und Kerzenschein. Es würde ihr leicht fallen, wieder in die Stimmung von gestern zu kommen. Sie erträumte sich, dass es in ihrer zweiten Nacht ohne Essen und Wein nur darum gehen würde.

Es klopft an der Tür. Die Kommissare Becker und Sörensen treten ein, um sie zu den Vorgängen um Frau Rosenkranz zu befragen. Da sie am vergangenen Montag sich weder das Zimmer noch Frau Rosenkranz im Detail angesehen hatte, sagt sie, kann sie zur Auffindungssituation der Dame nur wenig beitragen. Juliane Schiller jedoch ausführlich von der Fallbesprechung.

Margarites 2010

Seitdem Jochen auf Kreta lebt, versteht er die Deutschen von Jahr zu Jahr weniger. Er besucht manchmal alte Freunde, die aus den dunklen Schwarzwaldhöfen nach Freiburg gezogen waren. Sie leben ihre Leben als Angestellte von Banken oder Versicherungen, saßen von früh bis spät in ihren Bürowürfeln herum und aßen dort ihr ökologisch korrektes Pausenbrot. Bei Dunkelheitseinbruch schlichen sie nach Hause und verpassten das sowieso zu kurze Leben. Ein solches Leben ist zu Ende noch bevor es angefangen hat, dachte er. Was wäre die Bilanz? Tausende gestempelte Zettel, Tischvorlagen, erst für den Chef, dann für den Rundordner. Drei bis sechs Mal Familienurlaub im Centerpark, einmal Vereinsmeister beim Tischtennis. Vielleicht ein abbezahltes Häuschen. Das Leben dieser Menschen, die alles haben könnten, war trist und leer. Freiheit, Mitmenschlichkeit und Liebe, erstickt in der Ödnis sogenannter Sachzwänge.

Jochen war es nach einem Jahr in Matala immer noch nicht möglich, Anna und Helene, die er liebevoll Leni nannte, nach Griechenland nachzuholen. Als Anna ihm geschrieben hat, dass sie jetzt mit einem anderen Mann lebte, hatte er die Gedanken an Anna und Helene aufgegeben. Helene würde schon Papa zu dem anderen Mann sagen. Hätte Jochen von der Kürze der damaligen Beziehung gewusst, hätte er manche Entscheidungen anders getroffen.

Zwischenzeitlich hatte er mit einem Freund einen Handel mit kretischen Naturprodukten begonnen. Er kaufte bei den Bauern der Dörfer und verkaufte seine Produkte zunächst am Straßenrand von der Ladefläche eines alten Datsuns, vornehmlich an Touristen. Honig, Wein, Oliven, Käse, Apfelsinen. Nach einiger Zeit konnten sie mit den Erlösen einen kleinen Laster kaufen. Sie belieferten jetzt über die Fährstrecke Iraklion–Venedig und den Brennerpass auch Städte in Süddeutschland. Die gute Gewinnspanne teilten sie zwischen sich und den Bauern auf. Jochen konnte sich einen bescheidenen Wohlstand aufbauen. Er lebte jetzt in Margarites, einem Dorf fünfundzwanzig Kilometer von Rethymnon entfernt. Wenn am Abend die Touristen das Dorf verlassen haben, ging er in sein Lieblingskafenion unter den Platanen. Dort hatte man einen wunderbaren Blick aus den kretischen Bergen in die Ägäis. Dann hörte er den Zikaden zu und ließ sein Komboloi durch die Finger gleiten.

Jochen hatte die Weltwirtschaftskrise gut überstanden. Er war stolz auf sein wirtschaftliches

Geschick. Es gefiel ihm sehr das er wirtschaft-
lich überlebt hatte. Nicht ohne Stolz blickte er
in die Ferne in der er das Mittemeer in der Sonne glitzern sah.

Er lebte gut und seine Lieferanten schätzten
ihn. Sein Bild von den, wie er sie nannte, Wür-
felbürozombiefreunden in Deutschland wurde
aber immer grauer.

# Krüger wird verhört

Es ist halb elf. Ole Sörensen kaut Kaugummi. Katharina Becker fährt den klapprigen Escort. Es vergeht kaum ein Tag, an dem Ole Sörensen nicht in seinen Escort steigt, um zumindest eine kleine Runde zu drehen. Mit Frauen am Steuer hat er so seine Probleme. Sie hinterlassen bei ihm das Gefühl, in seiner Männlichkeit beschränkt zu werden. Ole mag es aber, wenn Katharina fährt.

Sie fahren durch eine in den fünfziger Jahren gebaute Siedlung direkt auf ein Reihenhaus zu. Die Kommissarin verlangsamt die Geschwindigkeit. Die weiße Gartenpforte, die exakt abgestochenen Beete und der gepflegte Rasen heißen sie willkommen. Im Garten ist kaum Laub, es scheint, als habe vor kurzem jemand die Blätter weggeharkt.

„Nummer siebenundzwanzig, das ist es."

Katharina stellt den Wagen im Halteverbot ab. Sie gehen durch den Garten auf die Haustür zu. Auf dem Namensschild lesen sie *Hier wohnen, lieben und streiten Jürgen, Lieselotte, Nicole und Kevin Krüger.* Am dem Escort wird zur gleichen Zeit ein Strafzettel angebracht.

Krüger öffnet die Tür. Seine rechte Wange ist blau verfärbt und geschollen.

„Scheiß Tag, erst Wurzelbehandlung, dann Besuch von der Kripo. Das Heim hat Sie schon angemeldet. Nicht einmal wenn ich krank bin, gehen die mir mit ihrem Mist nicht auf den Sack."

Krüger führt den Besuch in sein Wohnzimmer, in dem kaum ein Möbel zu finden ist, das nicht bei IKEA erworben wurde. An Expedit in allen Farben reihen sich mehrere Sofaelemente *Söderhamn*. Ole Sörensen denkt an sein eigenes Arbeitszimmer. Da steht der Kram auch rum, kommt es ihm nervös in den Sinn.

„Was wollen Sie von mir? Ich habe Zahnschmerzen und jetzt der Mist! Ich glaube – "

Dem Kommissar wird die aufbrausende Art zu viel. Er interveniert – schließlich gilt es endlich zu zeigen, wer das Gespräch mit wem führt.

„Glauben ist was für die Kirche, Krüger, Fragen, das ist mein Job. Begrenzen Sie sich auf Fakten, dann sind wir schnell miteinander fertig."

Zurechtweisungen ist Jürgen Krüger nicht gewohnt, vor allem nicht in seinem eigenen Wohnzimmer. Jürgen Krüger tobt. Auf seiner Visage bilden sich rote Flecken.

Seine Frau schaut zur Zimmertür herein. „Sie sind hergekommen, um sich dieses Gezeter anzuhören? Nehmen sie ihn lieber mit auf die

Wache, dann hab ich wenigstens meine Ruhe."
Die Tür wird von Frau Krüger zugezogen.

„Wissen Sie, wenn dieser Stümper nicht in der Zeile verrutscht wäre, könnte ich mich jetzt um meine Zahnschmerzen kümmern. Aber es ist nur konsequent, denn diese Rosenkranz hat von Anfang an Ärger gemacht. Noch schlimmer ist diese Tätowierte, die sich ihre Tochter nennt. Wenn dann auch noch dieses impertinente Schmirakis-Imitat, dieser selbst ernannte Sorbas-Verschnitt, auftaucht, ist echt der Bock fett. Erst war das Heim nicht recht. Dann haben die keine Kohle bezahlt und ich hatte diesen ganzen Schreibkram mit dem Amt an der Backe. Zum Glück konnte ich dieser Querulantin bei dieser komischen Besprechung, die diese hypertrophe Sozialmieze angezettelt, na sie wissen schon, die Schiller angezettelt hatte, mal so richtig erklären, wo Bertel den Most holt. Am Ende hat diese blöde Tante nichts mehr gesagt.

Die alte Rosenkranz hat doch auch nur ihr ganzes Leben rumgesoffen und rumgehurt. Als es dann nicht mehr so lief, sollten wir diese Sozialschmarotzer finanzieren. So eine Scheiße, schließlich muss auch ich für meine Brötchen arbeiten. Wenn ich dann an diese duseligen, die Bettpfannen schwingenden Trottel aus der Pflege denke, kommt mir das kalte Grausen. Ich hab auch mal in diesem lausigen Job gearbeitet. Dann habe ich mich auf den Hosenboden gesetzt und etwas gelernt. Die sind zu dämlich, um so eine alte Hexe zu füttern. Die aspiriert und hat es endlich hinter sich. Dann soll der Krüger wieder alles richten. Aber weit gefehlt. Der Krüger war heute auch beim Quacksalber, ich bin vier Wochen raus aus der Scheiße, Burn out!"

„Herr Krüger, eine Frage", sagt die Kommissariatsassistentin ohne sich ihr Entsetzen über den Auftritt anmerken zu lassen. „Wen meinen sie mit Schmirakis?"

„Na, diesen Kerl aus Griechenland. Der kommt von so einer Insel, wo alle den ganzen Tag in der Sonne liegen und unsere Rettungsschirme auffressen. Er dealt mit Olivenöl, Wein und Honig. Zwei bis drei Mal im Jahr ist er hier und besucht die Rosenkranz. Mir kann man nichts vormachen, er war bestimmt mal einer ihrer Stecher, früher. Soll gerade wieder da gewesen sein, er heißt Jochen oder so, der Nachnahme ist Walter. Bestimmt ein Alt-Anarcho, der früher in Hamburg in der Hafenstraße Gehwegplatten auf harmlose und unbescholtene Polizisten geworfen hat. Gut, dass man den aus unserem sauberen und ordentlichen Land rausgeschmissen hat. Manchen täte auch ein Arbeitsdienst gut. Jetzt, wo auch noch die Wehrpflicht abgeschafft ist –

„Krüger, Sie kotzen mich an", sagt Ole Sörensen nüchtern. „Komm, Katharina wir gehen. Schön, wir sind hier zwei zu eins und Frau Becker wird jederzeit bezeugen, dass ich nie gesagt habe, dass Sie ein richtiges Arschloch sind."

„Und seien Sie versichert, Herr Krüger", fügt Katharina Becker hinzu, „der Wunsch Ihrer Frau ist uns beim nächsten Mal Befehl."

 # Christian wird verhört

Die Vernehmungen führen die Kommissare an diesem Nachmittag auch in das Pflegeheim *Krokusblüte*. Der emotionale Ausbruch von Jürgen Krüger am Vormittag hatten sie bewusst unkommentiert stehen lassen. Er hatte ihnen mit seiner Wut mehr über die deutsche Heimlandschaft verraten, als sie eigentlich wissen wollten. Die Vorstellung, selbst eines Tages in einem Heim zu liegen, lässt Ole Sörensen frösteln. Elend zu Ende zu kommen, das wollte er nicht. Katharina Becker denkt an ihre Großmutter, die einige Jahre zuvor im Pflegeheim Sonnenschein gestorben war. Der Ort dort war ganz anders. Die Räume und auch die Leute waren freundlich, es war zwar nicht üppig Zeit und die Hochglanzbilder in den Prospekten mit strahlenden alten Menschen, die sich gepflegt im Garten unterhalten und Sacher-Torte essen, ließen sich im echten Leben nicht finden. Trotzdem hatte ihre Großmutter dort viele sehr glückliche Jahre verbracht.

Als sie auf der Station E ankommen, können sie niemanden antreffen. Die Absperrung mit dem Dienstsiegel der Polizei an der Zimmertür der verstorbenen Anna Rosenkranz ist das einzige Zeichen, das den allgegenwärtigen Geruch nach Urin und Harnwegsinfektion stört.

Im Personal-WC geht die Toilettenspülung. Sie warten vor der Tür. Diese öffnet sich nach kurzer Zeit Und Christian streckt den beiden Beamten seine Hand entgegen, die vorschriftsmäßig nach einem Händedesinfektionsmittel riecht. Ole Sörensen fixiert das Namensschild auf Christians Kittel.

„Sörensen und Becker Kripo Husum, zu Ihnen wollten wir."

„Ich weiß, dass Sie auf Verhörtour sind. Frau Schiller, mit der hatten Sie ja gesprochen, sie hat Sie schon angekündigt. Ich war es leider auch nicht, das mit dem Tod, da muss ich Sie enttäuschen. Nein, in echt, was kann ich für Sie tun? Mögen Sie einen Kaffee, ich hab gerade einen gekocht und wir können dann besser reden."

„Okay", sagte Ole. „Wir ermitteln im Todesfall Anna Rosenkranz, wie Sie ja schon festgestellt haben. Es ist durch die Gerichtsmedizin bestätigt, dass der Tod nicht natürlich eingetreten ist."

„Das glaube ich auch, das passiert öfter als Sie glauben. Die lieben Alten verschlucken sich eben oft, aber nicht um jeden Bolus Tod wird so ein Getöse gemacht, obwohl man ehrlicherweise erstickt, weil an dem Proppen in der Luftröhre nichts mehr an edlem O2-Gas vorbeigeht. Aus die Maus, würde ich sagen. Und mal ehrlich, wo ist denn da die Grenze, wenn jemand nicht mehr alleine essen kann und erstickt, weil jemand ihn netterweise füttert? Ich hab manchmal das Gefühl, das ist Leichenschändung. Wer nicht mehr essen kann geht Tod, so einfach ist das mit dem Leben und Sterben. Aber wir machen alles, Schlucktraining und so weiter. Aber nicht, dass Sie jetzt denken, die Kiki, also die Logopädin ist schuld. Die war gar nicht da, das kann ich bezeugen. Ich würde mal sagen, das ist wohl so eine Art Unfall gewesen."

„Danke für Ihre Einschätzung", sagt Katharina Becker und sieht Christian an. Ihr fällt eine besonders lange Augenbraue auf, die sie am liebsten gleich abgeschnitten hätte.

„So viel dazu. Können Sie uns sonst etwas Besonderes über die letzten Tage von Frau Rosenkranz berichten?"

„Jo, eigentlich sogar was ziemlich Gutes", sagt Christian, der sich, als hätte er Katharina Beckers Gedanken gelesen, die deformierten Augenbraue zurückstreich. „Der Jochen Walter war mal wieder da. Er hat sich gerade gestern von Ove und mir verabschiedet. Zurück nach Kreta, da lebt er. Jochen ist der einzige außer Helene, der sich regelmäßig, also zwei bis drei Mal im Jahr, hier blicken lässt. Ove und ich freuen uns immer, ihn zu sehen, er bringt uns immer Olivenöl und Thymianhonig mit. Er verkauft das und ich sage Ihnen, sein Zeug ist super und günstiger als hier im Laden. Wein hat er auch sehr guten. Ich finde, der ist echt spannend. Keine Ahnung, warum er die Anna immer besucht hat. Glaube, Helene ist seine Tochter. Warum die Rosenkranz den von der Angel gelassen hat, weiß der Teufel. Also wenn ich nochmal anfangen könnte, ich würde mein Leben so aufziehen wie der. Ziemlich ungewöhnlicher Mensch."

„Danke Christian", sagt Katharina Becker und hustet ein bisschen. Sie weiß, dass das Rauchen und Asthma nicht so gut zusammen gehen.

Auf dem Rückweg ins Revier fahren sie bei Helene Rosenkranz vorbei. Ole konnte die Tochter der Verstorbenen mehrfach telefonisch nicht erreichen, deshalb wollen die Kommissare sie für den morgigen Tag persönlich vorladen. Katharina lenkt den Wagen in die Einfahrt. Der Schutt der Dachpfannen ist noch nicht entfernt.

Katharina klingelt.

Das Haus bleibt stumm.

„Helene Rosenkranz", ruft Ole Sörensen.

Eine alte Frau erscheint hinter der Hecke und hinkt langsam Ole und Katharina entgegen.

„Was wollen Sie von der Helene?", fragt sie.

„Wer sind Sie?", entgegnet Katharina.

„Ich bin die Nachbarin von der Kleinen. Dumme Geschichte mit ihrer Mutter. Armes Ding."

„Wir sind von der Kriminalpolizei und möchten mit Helene sprechen. Wo können wir sie finden", fragt Ole.

„Ja die ist seit gestern Abend weg. Irgendwas von ‚Den Kopf frei kriegen' hat sie gesagt und ist los. Hat ihren ganzen Plunder dabei, Sie wissen schon, die Matratze zum Luft Pumpen, Topf, Büchsen und die grüne Rolle. Sie sagt, da kommt eine Decke raus, die hält nachts warm. Hat alles eingepackt und ist los. Dieses Campieren, das hat sie schon lang nicht mehr gemacht. Sie sagt, sie schläft in ihrem Auto. Aber ein Auto ist doch kein Bett! Na sie wird es wohl wissen."

Die Kommissare nicken.

„Das arme Ding. Die ist sicher bald wieder da, dann können Sie sie fragen. Ist so fleißig, ist eine Gute. Schafft so fix an der Kasse, dass sie mich oft gar nicht erkennt. Naja, hätte sie bloß nicht die ganzen Stecker im Kopf, dieses Geklimper, dann wäre alles vielleicht anders gekommen."

„Ja, Frau –, wie war noch gleich Ihr Name?"

„Frau Juul", entgegnet die alte Dame.

„Frau Juul, geben Sie uns bitte gleich Bescheid, wenn Helene wieder da ist. Wirklich wichtig ist das." Katharina schaut die alte Dame eindringlich an.

„Na das kann dauern, für das Campieren braucht die Helene immer einige Tage", informiert sie.

„Rufen Sie bitte einfach an, sobald sie zurück ist", hakt Katharina nach.

„In Ordnung", sagt Frau Juul und verschwindet gemächlich.

„Ole, wenn das nicht verdächtig ist. Das seltsame Gerede gestern, die Wohnung und jetzt verschwindet sie einfach! Du wirst sehen, sie weiß, dass ihre Freundin ihr Alibi nicht bestätigt hat, zu dumm, dass sie sich zwischen Tiergehege, Kindern und Bauchschmerzen einfach nicht an die genauen Zeiten erinnern kann."

Ole lässt seine Kollegin reden. Sie geben den Wagen von Helene Rosenkranz zur Fahndung durch.

Katharina und Ole machen sich auf den Weg in die triste Kälte. Beide hängen auf der Rückfahrt ihren Gedanken nach. Das hat sich bewährt. Sie schweigen gerne miteinander. Sie wissen, dass jeder sein eigenes Bild von der Situation formt. Morgen werden sie darüber sprechen

 # Cocktailpartys in Durban?

Jochen blickt auf das Gedicht, das er gerade beendet hat.

Zeit möchte ich für dich anhalten
damit wir immer zusammen sind
Zeit möchte ich nicht anhalten
wenn du bei mir bist
Leben möchte ich ewig
damit wir immer zusammen sind
Leben möchte ich nicht ewig
wenn es dich nicht gäbe
Der Tod soll mich vergessen
wenn er dich nicht findet
Dem Tod stehlen wir die Zeit
weil er uns Gewesenes nicht nehmen kann
Wenn ich die Zeit nicht anhalte
sind wir auch Gewesenes
Wenn ich die Zeit nicht für dich anhalte
Bleiben wir immer zusammen

Er überlegt, ob es für seine Anna wohl gut genug ist. Endlich hat er genug Geld zusammen, um seinen größten Fehler der Vergangenheit auszugleichen.

Schon seit einiger Zeit besucht er Anna regelmäßig. Er weiß, dass sie die Liebe seines Lebens ist. Es hat in seinem Leben immer auch Liebschaften mit anderen Frauen gegeben, aber Anna war Anna. An seinem Gedicht hatte er viele Tage gefeilt. Er hatte immer wieder ergänzt und gestrichen. Nun war es fertig.

Im Blumengeschäft um die Ecke hatte er einen Strauß aus fünfzig roten Rosen binden lassen. Er hat sich auf den Weg zu Anna gemacht. Jochen steigt die Treppe zu ihrer Wohnung hinauf und klingelt. Schlimm wäre, wenn er Anna jetzt nicht antreffen würde. Er hatte seinen Text auswendig gelernt und wollte Anna nun überzeugen, dass sie und er zusammengehören.

Seine Idee war einfach. Er hatte das Haus am Strand von Durban so eingerichtet, dass er Anna dort ein wunderbares Leben bieten konnte. Südafrika war zwar nicht Amerika, aber der soziale Aufstieg, die Cocktailpartys und die Sundowner mit der High Society von Durban waren ihnen sicher. Jochen hatte sich vorgenommen, Anna ehrlich gegenüber zu treten und ihr die ganze Geschichte von dem Erwerb seines Geldes zu berichten. Er hoffte, Anna würde ihm das nicht übel nehmen.

Anna Rosenkranz lag auf ihrem Sofa, als es an der Tür klingelte. Nach der Arbeit hatte sie sich hingelegt. Sie hatte Kopfschmerzen und ihr war ein wenig schwindelig. Schon länger hatte sie sich mit erhöhtem Blutdruck rumzuplagen. Die Medikamente führten dann immer zu diesen Nebenwirkungen. Es war ihr aber auch nicht wirklich besser, wenn sie die Medikamente wegließ.

Anna steckte sich eine Zigarette an. Sie sog gierig an der Lucky Strike ohne Filter und ließ den Rauch mit jedem Lungenbläschen in Kontakt kommen. Dann blies sie den Qualm wieder aus. Immer wenn sie in dieser Stimmung war, hätte sie am liebsten einen anderen Menschen beleidigt.

Nach dem dritten Klingeln erhob sie sich.

„Welche schwachsinnige Kreatur stört meinen Mittagsschlaf! Hau ab nach Kleinbronzow oder nach irgendwohin!"

„Anna, bitte. Ich bin es, Jochen!"

Jochen war glücklich über diesen emotionalen Beitrag. Ja, so kannte er Anna.

„Oh entschuldige, ich dachte, das ist wieder irgend so ein Blödmann, der mich vollquatschen will. Du bist natürlich willkommen."

Anna öffnete die Tür, machte einen Schritt auf Jochen zu und umarmte ihn.

Jochen erwiderte ihre Begrüßung. Danach trug er Anna, beinahe sachlich, vor, was er in einigen Nächten und Tagen vorbereitet hatte.

Annas Augen leuchteten vor Glück. So glücklich war sie zuletzt gewesen, als sie ihre Jugend auf Jochens Moped in den Schwarzwälder Tälern und Höhen verbracht hatten. In den letzten Jahren hatte sie zwar reichlich Zweifel an Jochen und seinen Absichten gehegt, diese waren jetzt, da er in froher Erwartung vor ihr stand, verflogen. Als Jochen ihr das Gedicht überreichte, wusste sie, dass ihr Weg von nun an gemeinsam verlaufen musste.

„Ach Jochen, für immer", hauchte sie.

„Ja Anna, für immer" erwiderte Jochen und blickte ihr tief in die Augen. Obwohl Anna körperlich deutlich vorgealtert war, waren es heute wie früher ihre Augen, die ihn faszinierten. Als Jochen ihr die Fotografien von dem Haus in Durban zeigte, war die Entscheidung endgültig. Sie würde ihren nächsten Lebensabschnitt in Südafrika verbringen

So seltsam fremd
wird dir die Welt

In der Samaria-Schlucht

Zurück auf Kreta sitzt Jochen an seinem Lieblingsstrand. Preveli. Er ist heute, am Morgen des 24. November mit dem Flugzeug aus Athen. In Athen hatte er sieben Stunden Aufenthalt. Ab Ende Oktober war es schwierig nach Kreta zu gelangen, weil die Charterverbindungen mit Direktflug dann eingestellt wurden. An diesem für November sehr milden Tag lässt es sich in Preveli unter den Palmen besonders gut aushalten.

Bald würde der kurze, manchmal durchaus harte Winter auf der Insel beginnen. Soll er seinen Plan für den Winter tatsächlich umsetzen? In „seinem" Seitenarm der Samaria-Schlucht, in den sich noch kein Tourist hin verirrt hat, und in dem die Kreter den Doriern und Römern, den Venezianern, den Türken und zuletzt den Deutschen getrotzt hatten, ist es ausgeschlossen entdeckt zu werden. Er könnte dort mit Ioanna, seiner griechischen Lebensgefährtin, die kalten Monate verbringen. Jochen denkt an die unzähligen schönen Momente zurück, die der Winter ihnen im letzten Jahr geschenkt hatte. Nach seiner Ankunft in Preveli hat Jochen das Kloster besucht und in der Klosterkirche gebetet. Das hatte er seit über dreißig Jahren nicht mehr getan. Er hatte sich von einem Pater segnen lassen. Im Anschluss war er den steinigen Weg zum Strand heruntergestiegen, an dem die lybische See an Kreta zerrte. Der Rest eines im Wasser stehenden Gesteinsbrockens, der die Form eines Herzens hat, wird langsam von der Erosion abgetragen. Ein Bild für das Leben, das sich erfüllt und schließlich auseinanderbricht. Ein steinernes Herz, das der Brandung trotzt. Jochen hat das Gefühl, dass sein Herz gerade zerbricht. Wie gerne hätte er einmal mit Anna und Helene genau hier gestanden. Jochen fasst einen Entschluss. Er wird Helene einen Brief schreiben und erklären. Dazu hat er einen ganzen Winter Zeit.

Als er vorhin die Serpentinenstraße nach Preveli fuhr, hätte ein kleiner Ruck am Lenkrad seine Fahrt in einem 300 Meter tiefen Abgrund beendet. Einem Sprung über die Kante wäre ein tiefer Fall mit sicherem Ende gefolgt. Schmerzhaft aber sicher. Jetzt sitzt er hier am Strand und findet vor dem Steinherz den Mut weiterzumachen. Das Herz spricht mit ihm. Jochen hat ihm etwas anvertraut und erfahren, dass sein Weg kein falscher ist.

Als Jochen Walter wieder in seinem Auto sitzt, sind die finsteren Gedanken verscheucht. Er fährt die Strecke nach Chania und stellt das Auto, einen klapprigen Suzuki Jimmy, wie jedes Jahr in das Winterquartier bei einem Freund. Dann nimmt er den Bus auf die Omalos Hochebene.

Jochen Walter steigt aus. Er geht die sandige staubige Piste zum Eingang der Samaria-Schlucht hinauf. Er begrüßt den Nationalparkranger, der dösend in der Hütte am Eingang zur Schlucht sitzt und eilig eine ältere Ausgabe des Playboys unter diversen Karten verschwinden lässt.

Ohne sich abzustimmen wissen die Männer, dass Jochen entgegen jeder Vorschriften in die Schlucht gehen wird und dass der Ranger ihn niemals gesehen hat. Nach einer vierstündigen Wanderung erreicht Jochen sein Ziel. Kein Fernseher, kein Handy, kein Computer. Ioanna, die Vorräte und ihre Ziegen liegen zwischen jetzt und dem Frühjahr. Ioanna umarmt ihn und führt ihn in die karge Hütte, in der sie ihm eine Mahlzeit aus Brot, Käse und getrockneten Tomaten bereitet hat.

Schimmelreiter

Kristina geht zum Husumer Hafen. Es ist Ebbe
und die Kutter liegen auf Grund. Sie hat ein
Fischbrötchen in der Hand. Matjesbrötchen
von Loof sind die besten, findet sie. Kristina
sitzt auf einem der alten Poller und merkt, wie
die Kälte des Metalls durch ihre Hose zieht. Ihr
Po ist kalt und sie gehört zu den Menschen,
die auch bei Regen spüren, welch großes Geschenk es ist, lebendig sein zu dürfen. Der
Wind treibt ihr den feinen Nieselregen ins Gesicht. November in der grauen Stadt am Meer
ist ein besonderes Erlebnis. Der Nebel, der vom
Meer aufzieht, dämpft die Geräusche der Stadt.
Kristina mochte seit jeher Theodor Storm und
seine Texte. Wenn sie hier sitzt, weiß sie sehr
genau, warum und wie die trübe Geschichte
vom Schimmelreiter Hauke Haien zustande gekommen ist. Es ist beinahe so, als säße der alte
Amtsrichter Storm neben ihr und sie würden
sich über eine neue nordfriesische Geschichte
unterhalten.

Kristina beschäftigt seit heute Morgen der Tod
von Anna Rosenkranz. Nun kramt sie, das kle-
ckernde Fischbrötchen in der einen Hand, mit
der anderen den Zettel aus ihrem Portemon-

naie, auf dem sie einst Beginn des Endes gekritzelt hat. Damals erfuhr sie, dass Storm die Zeilen komponiert hat, als er an Magenkrebs erkrankte. Sie liest die verschwommenen und abgegriffenen Worte.

Ein Punkt nur ist es, kaum ein Schmerz, Nur ein Gefühl, empfunden eben; Und dennoch spricht es stets darein, Und dennoch stört es dich zu leben.

Wenn du es andern klagen willst, So kannst du's nicht in Worte fassen. Du sagst dir selber: „Es ist nichts!" Und dennoch will es dich nicht lassen.

So seltsam fremd wird dir die Welt, Und leis verlässt dich alles Hoffen, Bist du es endlich, endlich weißt, Dass dich des Todes Pfeil getroffen.

Hatte Anna Rosenkranz in klaren Momenten über die Gegenwart des Todes nachgedacht? Kristina führt sich noch einmal vor Augen, wie unterschiedlich das Sterben und der Tod in der Geschichte der Menschheit wahrgenommen und verstanden wurden. Auch noch heute haben die Menschen ganz verschiedene Vorstellungen darüber, wie sie zu ihrem eigenen Ende kommen.

Damals in Norwegen begann Ihr Interesse an der Frage, wie die Menschen heute sterben, vor allem in den europäischen Ländern. Die politische und öffentliche Diskussion um das

Thema Sterbehilfe, die vor allem um den Begriff „assistierter Suizid" geführt wird, interessiert sie deshalb sehr. Kiki selbst hat dazu eine ganz klare Position, sie lehnt Sterbehilfe ab. Es ist nicht so, dass Kristina nicht verstünde, dass es bestimmte Situationen gibt, in denen sich schwer erkrankte Menschen den Tod wünschten, weil sie durch ihre Erkrankung entsetzliche Schmerzen erleiden oder an grauenvollen Entstellungen leiden müssten. Nein, Kristina kann verstehen, dass es solche Situationen gibt und dass der Tod eine Erlösung sein kann und darf. Aber Kristina ist in ihrem tiefsten Inneren auch davon überzeugt, dass es einem Menschen nicht zusteht, andere Menschen, unter welcher Definition auch immer, zu töten. Würde man diese Grenze einmal aufheben, wird es immer wieder Argumente geben, mit denen man die Tötung anderer Menschen rechtfertigen kann. Die Euthanasiemorde im Dritten Reich sind ihr Mahnung genug.

Im Rahmen eines studentischen Austausches ist sie vor einiger Zeit drei Monate in Melbourne gewesen. Dort hatte sie eine Vorlesung von Peter Singer gehört, der für eine Vorlesungsreihe an seine akademische Heimat zurückgekehrt war. Kristina war damals nach der Vorlesung zu Professor Singer gegangen, um über dessen theoretisches Konstrukt von nichtfreiwilliger Euthanasie zu diskutieren. Ihre Argumente waren eher an der großen Eloquenz des Professors gescheitert als inhaltlich widerlegt worden zu sein. Singer hatte glasklar argumentiert, dass bei ethischen Abwägungen die Nützlichkeit im Vordergrund steht. Für einen Menschen am Lebensende, der eine ökonomische Belastung für die Gesellschaft darstellt und nicht mehr selbst in der Lage ist, über seinen Tod zu bestimmen, müssten Dritte entscheiden. Kristina hatte geantwortet, dass sich aus ihrer Sicht diese Frage überhaupt nicht stellt, weil ein bedingungsloses Tötungsverbot von und für Menschen besteht. Die Gegenfrage des Professors, ob es eine Verpflichtung für die Dritten gebe, einen solchen Menschen am Leben zu erhalten, konnte sie damals nicht beantworten. Sie hätte aber argumentieren sollen, dachte sie, dass dem natürlichen Ende, das bei schwerer Erkrankung oder der Unfähigkeit zu schlucken ohnehin schnell eintritt, keine Beschleunigung hinzugefügt werden soll. Wenn das biologische System Mensch an seinem Ende angekommen ist und keine Manipulation von außen erfolgt, wird es ohnehin sterben. Die Ängste der Menschen vor dem Sterben haben aus ihrer heutigen Sicht eher mit der Unfähigkeit zu tun, das Leben zu akzeptieren wie es ist. Dass Menschen kein Recht auf Glück haben, ist in Vergessenheit geraten.

Nach Abschluss des Semesters ist Kiki für vier Wochen von Cairns ins Outback gereist, um dort mit einer Gruppe von Tschabukai zu leben. Mitten in unserer Zeit hatte sie Menschen kennengelernt, die ihr Dasein nutzen, um ihre Lebensaufgabe zu finden und zu erfüllen. Danach können sie in das Reich der Träume zurückkehren. Sie sind ein Teil im Kreislauf von Traumwesen. Mit einer größeren Diskrepanz zum heutigen Individualismus konnte man Leben wohl nicht erfahren.

Hätte zum Beispiel Anna Rosenkranz ihre von vornherein aussichtslose Therapie nicht bekommen, wäre sie mit Sicherheit eher gestorben. Aber solange an dem Geschäftszweig Heim Geld verdient wurde, dachte sie, würde sich das wohl kaum ändern.

 # „Eine Party!
Das ist es, was Ole will."

Im vergangenen Jahr ging der Geburtstag von Ole Sörensen zwischen der Trennung von Silke und den Zwillingen und dem Tod seines Teampartners unter, zumal Ole noch nie allzu viel Freude daran gefunden hatte, seinem Geburtstag besondere Aufmerksamkeit zu schenken.

Das muss sich ändern, beschloss Kurt Sörensen. Dieses Jahr sollte es ein rauschendes Geburtstagsfest für seinen Sohn geben. Da ihn und seinen Sohn wieder mehr verband als wortkarge Telefonate, galt es, tatkräftig die Weichen für die neue Verbundenheit zu stellen. Der baldige Geburtstag schien ihm dafür geeignet. An einem stürmischen Morgen zog der alte Herr sich die Krempe seines Hutes weit in das Gesicht, verbarg sich hinter dem Heck eines Polizeibusses und passte Katharina Becker vor dem Präsidium ab.

„Katharina, was für eine Überraschung!" Eine dezente Verbeugung andeutend und mit gelüftetem Hut schreitet Kurt Sörensen auf die junge Frau zu, um sie sogleich in den Flur des Nachbarhauses zu geleiten. „Wie gut, dass sich ausgerechnet heute früh unsere Wege kreuzen."

„Guten Morgen, Kurt." Katharina schaute Kurt Sörensen durch ihre Brille fragend an. Diese saß zu jener frühen Stunde noch etwas schräg auf der Nase und dicke Regentropfen krochen langsam über den dunklen Rahmen und die Wangen ihren Hals hinunter.

„Ein herrlicher Morgen!"

„Was verschafft mir die Ehre?", fragte Katharina und streift die Kapuze vom Kopf.

„Ach liebste Katharina, wie haben uns so lange nicht gesprochen und –"

Mit Blick vor die Haustür fragte sie misstrauisch „Was gehst du bei diesem Sturm aus dem Haus, Kurt? Es schüttet wie aus Eimern und seit gestern Nacht schlagen überall Dachpfannen auf den Gehwegen ein. Bleib zuhause, das ist besser."

„Aber Katharina, rede mit mir doch nicht wie mit einem Kind oder einem alten Mann. Nett, dass du dir Sorgen machst, aber auf mich aufpassen, das kann ich am besten allein. Und es ist wichtig, Katharina, wir werden gebraucht." Kurt Sörensen beugt sich konspirativ der Kommissarin zu.

„Seit Jahren wünscht sich Ole eine richtige Geburtstagsfeier, du weißt schon, mit Musik, Essen und geschmückt und so. Und da dachte ich, das wäre doch was für uns zwei." Erwartungsvoll schaut er Katharina durch die beschlagenen Gläser an.

Katharina bändigt ihr rotes Haar mit ein paar Handgriffen. Sie lacht.

„Kurt, du willst nicht ernsthaft erzählen, dass du in den Pfützen und im Regen den ganzen Morgen ausgeharrt hast, nur um mich abzufangen und mich zu bitten, mit dir eine Party für Ole auszurichten!"

Kurt ist begeistert. „Ja genau, das ist es, eine Party! Das ist es, was Ole braucht."

„Was er braucht?"

„Was er will, ist doch klar. Eine Party ist es, was er will!"

Kurt behält den erwartungsvollen Ausdruck seiner Augen bei.

„In Ordnung, Kurt. Wir machen das."

Katharina schüttelt den Kopf, der alte Herr strahlt.

„Wann ist eigentlich Oles Geburtstag?", fragt die Kommissarin.

„Ja übermorgen schon. Genau deshalb ist doch Eile geboten."

Katharina hält ihm ihr Kärtchen hin. „Hier ist meine Nummer. Ruf mich heute Abend an, Kurt, dann bereden wir alles."

Schnell zieht sie die Kapuze über und rennt zwischen den Pfützen hindurch zum Eingang des Präsidiums. Kurt Sörensen spaziert vergnügt nach Hause.

Die Bettwäsche

Eine Stunde später sitzen Ole Sörensen und Katharina Becker im Büro. Sie haben sich ihren Rechner vorgenommen und eine Übersicht erstellt, um die Personen im Fall Rosenkranz zu ordnen. Ole sieht in den Spiegel über dem gegenüberliegenden Waschbecken und empfindet seine Frisur überarbeitungsbedürftig. Für Samstag hat er einen Termin mit seinem Friseur vereinbart. Herr Reinhard Hagen ist mittlerweile etwas älter geworden und arbeitet trotz seiner fast achtzig Jahre immer noch in seinem Salon. Der gepflegte ältere Herr und Sörensen verstehen sich ausgezeichnet und Ole freut sich nicht nur auf die gut sitzenden Haare im Anschluss, sondern auch auf die nette Unterhaltung mit dem Friseur. Er findet sich etwas blass um die Nase und überlegt, heute Abend während seines Saunabesuches auch ein paar Minuten Solarium einzubauen. Schlecht für die Haut, aber gut gegen Winterdepressionen.

Seine Bekleidung sitzt tadellos. Der Anzug stammt zwar nur vom örtlichen Herrenausstatter, Konfektionsware, aber immerhin. Ole hasst schlampig gewählte Bekleidung. Sein eigenes Spiegelbild empfindet er als nicht unangenehm.

Er geht regelmäßig ins Fitness-Studio, damit er noch eine Weile gut beisammen bleiben kann. Ein unförmiger, aus dem Leim gegangener haarloser alter Sack wie sein Vorgesetzter Harro Geertsen, ist ihm abschreckendes Beispiel genug.

Nach der Trennung und dem Verlust des familiären Glücks träumt Ole immer wieder den Traum einer heilen Familie. Rama-Margarine Werbung als Abziehbild, weiße Hemden, Sonnenschein, eine attraktive Frau an seiner Seite und drei oder vier wohlgeratene Kinder auf dem perfekt gepflegten englischen Rasen, das wäre etwas. Ole träumt und ist überzeugt, dass es die perfekte Partnerin dazu gibt. Manchmal spielt er mit dem Gedanken, dass das die junge Kollegin sein könnte.

„Ole". Katharina Becker sieht ihn erwartungsvoll an.

„Ähm, ja. Was haben wir bisher" fragt Ole und blickt auf die Präsentation.

„Hm, am wenigsten wissen wir über den Tatort. Blöd, dass die Raumpflegerin, wie heißt die eigentlich, so fleißig gearbeitet hat", sagt Katharina und dreht sich eine Zigarette.

„Ich ruf mal im Heim an und frage, wann wir die Frau befragen können. Drehst du mir auch eine?"

Während Ole mit dem Heim telefoniert und mitgeteilt bekommt, dass die Reinigungsfachkraft Frau Ionidis heißt und gerade anwesend ist, stellt seine Kollegin eine Zigarette fertig.

Ole schiebt sie gierig zwischen die Lippen.

„Ich denk, wir fahren gleich hin, oder? Mir ist gerade der Gedanke gekommen, dass es vielleicht noch ein paar Wäschestücke aus dem Zimmer der Toten gibt. Vielleicht haben wir Glück. Hast du mal Feuer?"

Lässig zieht Katharina ihr Zippo aus der Tasche und klickt es auf. Ole zieht. Die Zigarette glüht und ein brennender Tabakkrümel fällt auf Oles Anzughose. Es entsteht ein kleines Brandloch, das von Ole nervös beklopft wird.

„Scheiße, die schöne Hose ist hin", flucht Ole.

Die Eitelkeit des Kollegen ignorierend sagt Katharina:

„Komm wir fahren hin."

Als die beiden im Pflegeheim ankommen, findet sich ein LKW des Glückstädter Wäschedienstes auf dem Parkplatz. Ole springt dem erschrockenen Fahrer vor die Füße und ruft „Halt, Polizei, die Wäsche von Station *E*, sofort!"

Der Fahrer scheint als nächstes eine gezogene Waffe zu erwarten und deutet auf die Wäschesäcke.

„Sie warten hier und rühren nichts an", sagt Katharina zum Fahrer.

„Du bringst mir jetzt echt die ganze Tour durcheinander Mädel", grunzt der Fahrer Katharina an. Diese zieht ihren Polizeiausweis. „T'schuldigung, ich mein ja bloß, war auch nicht böse gemeint", gibt der Fahrer resignierend von sich.

Katharina und Ole betreten das Heim. Da Ole am Telefon schon angedeutet hatte, dass Frau Ionidis befragt werden soll, wartet diese bereits im Foyer. Ole erklärt, dass sie zunächst die Wäsche aus dem Zimmer von Frau Rosenkranz sicherstellen müssen und dass Frau Ionidis im Anschluss befragt würde. Frau Ionidis geht mit den beiden Beamten zum Lastwagen der Wäschereinigungsfirma. Nach kurzem Suchen hat sie die Wäschesäcke gefunden. Ole und Katharina stellen die Säcke sicher und rufen sofort die Spurensicherung. Der Kriminaltechniker Detlef Görrisen ist innerhalb weniger Minuten vor Ort und asseriert die Wäschesäcke.

Katharina und Ole gehen mit Frau Ionidis zum ehemaligen Zimmer von Anna Rosenkranz.

„Ist alles gründlich sauber gemacht, bitte verhaften Sie nicht", zetert Frau Ionidis. „Arbeit mache ich immer ordentlich und gründlich, sagt auch Krüger. Seit Jahren noch nie Ärger gehabt. Hat Ove angeschwärzt?"

Nachdem Katharina erklärt, dass es nicht um die Arbeitsinhalte sondern um die Auffindungsumstände des Raumes von Frau Rosenkranz geht, wirkt Frau Ionidis gelöster. Katharina hustet. Die gemischten Düfte aus scharfen Putzmitteln und einer sich dezent beimischenden Note von Urin kann sie nur schlecht ertragen. Ole sieht sie an, diesmal eher strafend.

„Hab ich dir doch schon ein paar Mal gesagt, Asthma und Rauchen passt einfach nicht zusammen."

„Jaha, Papa!" entgegnet ihm die genervte Katharina. Insgeheim genießt sie die Fürsorglichkeit ihres Kollegen ein wenig.

Frau Ionidis schildert wortreich, was sie bei ihrer Arbeit im Zimmer gesehen hat. Die Kommissare sind erstaunt, wie genau sich die Griechin mit der Reinigung beschäftigt hat. Nachdem sie das Zahnstück aus dem Giftschrank sichergestellt haben, berichtet Frau Ionidis von den Fußabdrücken, die sie vom Fußboden entfernt hat.

„Sehen Sie hier meine Herrschaften. Von dem Dreck, der hier war, ist aber rein gar nichts mehr zu sehen, Frau Ionidis macht immer gründlich sauber!"

Ole zieht die Augenbrauen hoch. Gleichzeitig stürzen Katharina und er zum Fenster. Es ist verschlossen. Frau Ionidis nickt zufrieden. Ole öffnet das Fenster.

„War nur angelehnt als ich reinkam", informiert sie. „Hab ich nach dem Lüften zugemacht und gründlich abgewischt."

Ole und Katharina sehen aus dem Fenster und dort im weichen Boden ist tatsächlich deutlich der Abdruck eines Winterstiefels zu erkennen. Detlef Görrisen ist genervt, als sein Handy erneut klingelt. Aber er ist sofort zur Stelle und sichert die Spur.

Wie in jungen Jahren

Karsten Jessen sieht aus dem Fenster seines Wagens. Nachdem er die Besuche im Pflegeheim *Krokusblüte* für diese Woche beendet hat, ist er müde in sein Auto eingestiegen. Längst hat die Dunkelheit das Tageslicht vertrieben. Er schaut auf die Uhr. Zur Tagesschau nach Hause, das würde nicht mehr reichen. Gerade hatte er einen Besuch bei seiner siebenundneunzigjährigen Patientin Bente Brugsen beendet. Bente ist Dänin und lebt seit über fünfzehn Jahren in der *Krokusblüte*. Sie ist lange Zeit Vorsitzende des Heimbeirates gewesen und sie ist für ihr hohes Alter noch immer sehr wach im Kopf. Schon im Eingangsbereich der Station ist Karsten Jessen von Schwester Heidi gestoppt worden.

„Dr. Jessen, gut dass Sie da sind. Bei Bente gibt es eine offene Stelle am Unterschenkel. Meinen Sie auch, dass daraus ein offenes Bein werden kann, wenn wir nicht aufpassen?"

„Hm, glaub schon, ich sehe mir das mal an."

Er war zu Bente ins Zimmer gegangen, nachdem er vorher sieben andere Bewohner visitiert hatte. Wie immer freute sich die alte Dame, als sie ihren Hausarzt sah.

„Ach, kommst du, lange warst du nicht hier."

Dr. Jessen, der meint, einen leichten Vorwurf herauszuhören, brummt etwas von Urlaub. Damit ist ihr Begrüßungsritual abgeschlossen. Wie jedes Mal, wenn er Bente besucht, hat er den Eindruck, dass seine Zeit nicht ausreicht, um allen seinen Patienten gerecht zu werden. Diese Tatsache quält ihn.

„Bente, ich möchte mir deine Beine ansehen. Da soll so eine Stelle dran sein."

Bente liegt auf ihrem Bett. Ein Haltegriff hängt von oben nach unten, fast wie ein Triangel. Mit bemerkenswerter Leichtigkeit schwingt die alte Dame ein Bein in den Griff. Es ragt zu fast neunzig Grad in die Luft. Sie streicht an ihrem Bein in Richtung Körpermitte entlang.

„Als Krankengymnastin sage ich Lymphdrainage und Kompressionsstrumpf", bemerkt sie und sieht Jessen herausfordernd an.

„Ja, das machen wir so", erwidert der Arzt.

Bente Brugsen hüstelt und zieht das Pflaster ab, das auf der Stelle klebt. Tatsächlich entwickelt sich dort eine offene Wunde und Dr. Jessen ist erstaunt über den klugen Therapievorschlag seiner Patientin.

„Früher als Jürgensen, mein Zimmernachbar, noch lebte, hat er immer zu den anderen gesagt, Brugsen, ja die hat noch tolle Beine!"

„Haben Sie doch immer noch und wir wollen sehen, dass es so bleibt", erwidert Jessen.

Etwas genierlich senkt die alte Dame den Kopf und sagt: „Soso".

Während Karsten Jessen darüber nachdenkt, steigt er noch einmal aus dem Auto. Er geht um den Gebäudekomplex zurück zu dem Fenster, das ehemals zum Zimmer von Anna Rosenkranz gehört hat. Er nimmt seine Taschenlampe aus der Tasche und leuchtet die Umgebung des Fensters ab. Nachdem die Spurensicherung hier gearbeitet hat, erscheint die Erde vor dem Fenster aufgewühlt. Einige Äste der Büsche sind abgebrochen. An der Wand ist deutlich die Schleifspur eines Stiefels zu erkennen. Jessen leuchtet ins Fenster. Das Zimmer ist leer.

Verdammt, wie konnte dieser Mist bloß passieren, warum habe ich das bloß nicht mit bedacht, wirft er sich vor. Eigentlich war mir doch nach dieser Besprechung klar, dass hier so etwas hätte passieren können. Nach der Besprechung hatte Helene ihn gefragt, ob er wisse, wie man in Kontakt mit Dignitas kommen könne. Sie meine, dass die Schweizer Organisation, die, wie man wisse, schon vielen schwer erkrankten Menschen geholfen habe, möglicherweise auch ihrer Mutter zur Seite stehen könnte. Er hatte Helene erklärt, dass er dazu nichts sagen will, weil er dem hippokratischen Eid zufolge keine Sterbehilfe leisten möchte und auch nicht einmal einen Hinweis darauf geben will. Die Liebe zu seinem Beruf und zu den Menschen würde ihm das verbieten.

Helenes Worte hallen noch immer in seinem Kopf nach.

„Naja, das find' ich dann wohl auch anders raus", hatte die junge Frau ihm damals entgegnet.

Während Karsten Jessen in das Fenster leuchtet, quält ihn die Scham über seine ärztliche Fehlleistung. Wäre Helene vielleicht selbst in der Lage gewesen, ihre Mutter zu ersticken? In diesem Moment blitzt hinter ihm eine Taschenlampe auf.

Prinzenbar Hamburg

Kristina sitzt in der *Prinzenbar* in Hamburg. Jedes Mal, wenn sie hier auf dem Kiez ist, fühlt sie sich besonders wohl. Sogar der Nieselregen bei sieben Grad ist in diesen Momenten egal. Sie hört der Musik einer Band aus Sheffield zu. Ein seltsamer Mix aus Hip Hop, Britpop, Punk und Gitarrenparts, die sich anhören wie von Muddy Waters persönlich gespielt, wabern durch den Raum. Wie so oft ist sie sich sicher, etwas zu hören, das in ein oder zwei Jahren zu Weltruhm gelangt. Vor Jahren hatte sie mit gut hundert anderen Zuhörern James Blunt gesehen, als ihn noch niemand kannte. *Prinzenbar* Hamburg eben. Sie genießt es, da mal so eben hinfahren zu können.

In Hamburg übernachtet sie meist bei einer Freundin in der Probsteierstraße in Dulsberg, die als Reiseverkehrskauffrau bei Globetrotter in Barmbek arbeitete. Dulsberg, altes Hamburger Arbeiterviertel. Immer wenn sie auf der Isomatte im Schlafsack auf den knarrenden Wohnzimmerdielen von Inga-Lena liegt, kann Kristina gut nachdenken. Am liebsten dachte sie an den Italiener an der S-Bahnhaltestelle Friedrichsberg. Lena und sie gingen meistens dort essen. Dann gab es die Möglichkeit, schwedisch miteinander zu sprechen und damit etwas gegen das Heimweh zu tun, das die beiden jungen Frauen miteinander und mit ihrer schwedischen Heimat verband. Im Winter träumten sie von den endlosen Abenden um Mitsommer, von Sauna am See, frisch gefangenen Forellen auf dem Grill, Kup-Spielen bis in den frühen Morgen und Lagerfeuer auf einsamen Inseln. Zelten irgendwo – jedermanns Recht. Im Sommer träumten sie von schwedischen Wintern mit Schnee, Eis und Frost und Abenden am Ofen in der Küche mit Glögg und ofenwarmen Kanelschnecken.

Die Band baut soeben auf.

„Sag mal Lena, wann glaubst du ist es eigentlich gut zu sterben", fragte Kristina.

„Wie kommst du denn darauf, Kiki?"

„Ich hab' dir doch heute Mittag erzählt, dass bei uns im Heim eine Patientin gestorben ist. Ob da was dran ist, weiß ich nicht, aber man munkelt irgendwas von Mord. Da muss auch was dran sein, denn da scharwenzeln ständig zwei Kripotypen durch das Haus. Manchmal kann man schon fast Verfolgungswahn kriegen und glaubt, man hätte was damit zu tun. Ich hab' kurz davor noch Schlucktraining mit ihr gemacht, ungefähr eine Stunde vorher. Weil da jetzt so viele mit den Themen um Tod und Sterben unterwegs sind, glaube ich, dass ich nochmal nachdenken muss, was ich eigentlich denke."

„Na ja, Kiki, was soll ich dazu sagen? Mit dem, was Medizin möglich macht, haben wir die Büchse der Pandora geöffnet. Wir haben Situationen, in denen das Leben über sein Ende hinaus verlängert worden ist, werden kann. Oder ist es ganz anders? Was blieb dem Geschöpf von Professor Frankenstein? Sollten wir nicht die Warnung von Mary Shelly ernstnehmen? Warnt uns der Roman nicht vor einer Überhöhung der menschlichen Vernunft und uns gottgleich machen will? Ist es nicht eigentlich schon seit Prometheus geklärt, dass wir den Göttern das Feuer nicht stehlen können?

Früher war es halt irgendwann vorbei. Aber du weißt ja, dass mein Opa Lutz im letzten Winter so krank geworden ist, dass er im Frühjahr starb. Und ich sage dir, wenn es heute vorbei ist, geht es erst richtig zur Sache. Die Medizinindustrie wittert Profit. Dialysemaschinen, Operationseinheiten, teure Medikamente, Arztpraxen, Krankenkassen, Krankenhäuser, alle wollen verdienen. Im Gesetzestext der Lobby heißt das, es würde effektiv gearbeitet. Nur überleg doch mal bitte, wem das wirklich nützt. Ich glaube, nur selten sind das die Patienten. Aber die Menschen wurden seit Generationen darauf hin erzogen, bei jedem quer sitzenden Furz zum Arzt zu laufen. Spiel das

Spiel mit, wenn man dich in das System gelassen hat, und du hast ein prima Leben. Versuch was zu ändern, und sie hauen dich buchstäblich tot. Kennst Du eigentlich den Roman *Die letzte Flucht* von Wolfgang Schorlau?"

„Näh, kenn ich nicht. Aber an dem, was du sagst, ist was dran", erwidert Kiki. „Wahrscheinlich komme ich auch deshalb auf die Frage. Klar, so einfach sterben kann man in Europa heute nicht mehr. Wenn man das vorhat, fordert man die Antitodindustrie heraus. Ich glaub' inzwischen sogar, dass der neuste Geschäftszweig die Hospizarbeit ist. Hospizindustrie, so würde ich es nennen. Auch da wird eine Menge Geld verschoben. Wahrscheinlich, Lena, ja. Es ist doch schon verwerflich, ohne die Hilfe von Organisationen und Profis aus dem Leben zu gehen. Kennst Du eigentlich das Buch *Corpus delicti* von Juli Zeh?"

„Nein, aber ich kenne die Diskussionen um mich herum. Die finde ich schlimm. Wenn Sterbehilfe erlaubt ist, ist man seines Lebens nicht mehr sicher, sobald man alt, krank, gebrechlich oder alles zusammen wird."

„Die Grenzen sind da sehr unterschiedlich. Ich habe mich neulich mit jemandem unterhalten, der als Deutscher in Griechenland, ich glaube auf Kreta, lebt. Der hat gesagt, leben kann auch zur Qual für jemanden selbst und seine Angehörigen werden. Nur Lena, wer darf das entscheiden? Früher gab es Gott, heute gilt die Individualität und jeder muss sein Leben selbst in die Hand nehmen."

„Aber meinst du nicht, dass man deswegen gerade viel darüber erfahren sollte?"

„Ja, Lena. Deswegen arbeite ich oft im Pflegeheim."

Mae Geri

Katharina Becker verlässt das Karate-Dojo oder vielmehr die Sporthalle des Husumer Sportvereins gegenüber dem Krankenhaus im Erichsenweg. Sie geht langsam durch die Stadt. Sie fühlt die Stöße, die Kraft und die Bewegungen in ihrem Körper nachklingen. Der feuchte Abend legt sich frisch und sanft auf ihre Haut und auf die nassen Haare. Überrascht stellt die Kommissarin ein leichtes Wohlbefinden fest. Sie ist guter Laune. Dunkelheit umgibt sie.

Katharina Becker greift nach dem Tabakbeutel in der Manteltasche. Für einen kurzen Moment huscht der Gedanke hervor, ob es nun, nach diesem für ihren Körper segenreichen Abend voll Schweiß, Sport und tiefer Atmung, in Ordnung ist zu rauchen. Immerhin könnte dies der entscheidende Augenblick sein, um die Weichen in ihrem Leben in Richtung gesundheitlicher Vernunft zu stellen. Mit einem Kopfschütteln bricht sie das Zögern. So weit kommt es noch, brummt sie leise in sich hinein und entzündet die Flamme.

Der Rauch mischt sich mit der schweren, nebligen Luft und führt zu dem seltsamen Kribbeln im Hals, das ihr das Asthma beschert. Ihre Gedanken gehen zum Training zurück: Befremdet erinnert sie die Zweikämpfe und die Rufe der anderen. Martialisch haben sie in ihren Ohren geklungen und befremdend, zumal sie nichts davon verstand. Je dunkler die Farbe der Gürtel desto mehr irritierte sie die Ernsthaftigkeit der Leute.

„Alles ist Übung", hatte ihr Bruder einmal zu ihr gesagt. Damals wollte er ihr sagen, dass nicht alles im Leben gleich gelingen muss, dass man sich Zeit lassen kann und die Dinge, die man tut, sich nach und nach zur Vollendung bringen lassen. Damals war sie mit vielem sehr ungeduldig, mit sich selbst und auch mit anderen Menschen. Arbeit, Wissen und Beziehungen; immer musste alles gleich abrufbar sein und sofort gelingen. Damals hatte die alte griechische Weisheit ihr geholfen, etwas Abstand zu bekommen und sich in Geduld zu üben. Auch lernte sie das *Savoir-vivre* der französischen Nachbarn kennen und lieben, das gute Glas Wein zu Mittag und die Bedeutsamkeit von Gesprächen unter Freunden. Nach und nach räumte sie der gepflegten Leichtigkeit einen Platz in ihrem Leben ein.

Die Ernsthaftigkeit der Schwarzgürtel befremdete sie, denn sie kämpften mit Feinden, die es in der Sporthalle offensichtlich nicht gab und die es womöglich in ihrem beschaulichen Leben nie geben wird.

Sie mit ihren ungelenken Bewegungen, in verwaschene Sportkleidung gepackt und mit einer Haltung frisch von den Sofakissen kam sich vor wie ein fremdes Insekt. Ungläubig schaute sie sich um, als die anderen sich beim Verlassen der Turnhalle mit ernster Miene zur Raummitte hin verbeugten.

Katharina hat im heutigen Training einen Stoß gelernt, den geraden Fußstoß nach vorne, in der Sprache des Karate *Mae Geri* genannt. Lässig schwingt sie noch einmal das Bein in Richtung eines imaginären Gegners und tritt in die Tiefe der Dunkelheit. In leicht gehockter Haltung kommt sie auf und geht weiter.

Auf ihrer Linken liegt das Pflegeheim *Krokusblüte*. Fast schon wäre sie in die nächste Straße eingebogen, da erblickt sie im Augenwinkel einen Lichtschein im Gebüsch. Sofort ist sie hellwach und richtet ihr kommissarische Aufmerksamkeit auf den Ort, an dem im Mordfall Anna Rosenkranz der Fußabdruck im Blumenbeet sichergestellt wurde. Leise erleuchtet sie die Taschenleuchte am Schlüsselbund und bewegt sich auf den Lichtschein zu. Sie erblickt eine Gestalt.

„Becker Kriminalpolizei, rühren Sie sich nicht vom Fleck, hier spricht die Polizei. Bei einem Fluchtversuch mache ich von der Schusswaffe Gebrauch."

Karsten Jessen dreht sich und stolpert. Katharina Becker, überzeugt von einem nahenden Angriff, schnellt das rechte Bein nach vorne.

Der Fußtritt schlägt gezielt in der Köpermitte des Dr. Karsten Jessen ein. Er fällt. Hausarzt Dr. Karsten Jessen landet im Blumenbeet des Pflegeheimes *Krokusblüte.*

Katharina Becker erkennt den Arzt, als er auf dem Boden aufschlägt. Für einen kurzen Moment stutzt sie, begeistert von der Gewalt ihres Fußtrittes. Ein Mae Geri, fast wie aus dem Lehrbuch. Katharina ist amüsiert, auf den niedergestreckten Arzt im Blumenbeet herabzusehen.

Karsten Jessen kommt langsam zu sich.

„Sind Sie bekloppt– ", entschwindet es Karsten Jessen. Noch im Fall hatte er die Kommissarin erkannt.

„Was um alles in der Welt schleichen Sie hier herum", fragt die Kommissarin vorwurfsvoll. Der Ärger ersetzt das leichte Amüsement von zuvor und die leise aufkeimende Reue. Dr. Karsten Jessen besitzt die Fähigkeit, sein Umfeld mit Leichtigkeit in Rage zu versetzen.

„Was lernen Sie denn heutzutage an der Polizeischule, Harakiri oder was? Das hätte ganz anders aufgehen können! Wenn ich mit dem Kopf auf den Steinen gelandet wäre, dann hätte eine Fraktur –"

„Ach Jessen, jetzt stellen Sie sich nicht an"

„Und meine Frau und meine Kinder, wenn ich jetzt –"

„Jessen, Schluss jetzt!" Katharina setzt den Nörgeleien des immer noch etwas benommenen Arztes ein Ende.

„Sie sitzen hier im Blumenbeet und das ist nicht schön, aber sonst ist nichts passiert. Sie sollten sich eher um Ihr unbeflecktes Ansehen Sorgen machen. Wie stehen Sie jetzt vor der Polizei da? Sie wissen schon, dass Sie jetzt zu den Verdächtigen im Mordfall Rosenkranz gehören. Oder welche Geschichte wollen Sie uns erzählen, warum Sie nachts um das Fenster der Toten schleichen und versuchen, in das Zimmer einzusteigen?"

„Jetzt hören Sie aber auf! Was soll denn das heißen! Ich soll die Anna umgebracht haben? Viele Jahre ist sie meine Patientin gewesen, wir haben uns immer viel zu erzählen gehabt und ja, wir fanden uns sympathisch. Ich mochte diese garstige Frau mit badischem Akzent. Ständig unzufrieden war sie, nichts war recht, immer kam man zu spät oder zu früh und sowieso hatte man immer zu wenig Zeit, doch ich mochte sie. Wenn Sie wüssten, wie das als Hausarzt ist, die Patienten sind ja nicht nur irgendwelche Nummern, die –"

Das Gerede interessierte Katharina Becker nicht. Sie würde Dr. Jessen am nächsten Tag auf dem Revier vernehmen. Die Aufmerksamkeit der Kommissarin galt einem Lichtreflex im Gebüsch. Sie griff unter das Geäst. In ihrer Hand hielt sie die Anstecknadel des örtlichen Golfclubs. ‚Vereinsmeister 2012' war auf der Rückseite eingraviert.

Karsten Jessen schaut der Kommissarin über die Schulter. „Der Krüger hat doch vorletztes Jahr die Turniere gewonnen", sagt Karsten Jessen. „Damals konnte es niemandem in Husum entgangen sein, dass der Heimleiter den Gewinn eingefahren hat, so eine Prahlerei, die der veranstaltet hat."

Hell's bells

Christian sitzt zu Hause im dämmrigen Licht und denkt nach. Anna ist, soweit er das bisher verstanden hat, erstickt. Schluckübungen bei Kiki, Füttern bei mir und anderen. Da geht schnell mal was ins falsche Halsloch, überlegt er. Leise brummt Christian vor sich hin. „Na ich glaube, ich bin der Letzte, der sie gefüttert hat und sie hat auch ein wenig gehustet, aber ob sie aspiriert hat und daran erstickt ist? Glaub' ich nicht, hätte ich hinterher sicher gehört, das Röcheln und das Husten. Nein, das hätte ich bemerkt. Danach war auch noch Kiki da. Nein, das passt alles echt nicht zusammen, ich bin aus dieser Nummer raus. Aber Kiki, ob bei ihr wohl was passiert ist?"

Christian zermartert sich den Kopf. Was war bloß passiert? Im Hintergrund donnerte sein Lieblingssong von ACDC. Die zweite Strophe hatte es ihm besonders angetan.

I won't take no prisoners, won't spare no lives, Nobody's putting up a fight, I got my bell, I'm gonna take you to hell, I'm gonna get you, Satan get you.

Hell's bells, Yeah, hell's bells, You got me ringing, hell's bells, My temperature's high, hell's bells.

Nein, der Teufel spart keine Leben auf. Irgendwann klingelt er mit der Glocke nach dir und, verdammt nochmal, was wäre, wenn man dann sein Leben verpasst hätte? Hatte Anna ihr Leben verpasst oder hatte sie es gelebt? War sie von nur wenig Lebensenergie erfüllt oder hatte sie alles an Energiekredit schon früh ausgegeben? Hatte sie vielleicht trotzdem ein gutes Leben gelebt? Wer konnte das wissen."

Christian stellte seine Musikanlage aus. Was tatsächlich manchmal trostreich erschien, war ein wenig zu klampfen. Mit seinen Kindern hatte er immer gestritten. *Blur, Oasis*, na ja. Mittlerweile war ihm klar, dass eigentlich alles in das großartige Gefüge des Britpop einzuordnen war. Was mal bei Lennon und Mc Cartney angefangen hatte, ist, wenn man mal ganz ehrlich ist, in seiner Entwicklung zu *Coldplay* und den *Arctic Monkeys* weiterentwickelt worden. Im Stillen dachte Christian, dass es einfach großartige Musik ist. Über die Generationen hinweg erfand sich die britische Jugend immer wieder neu und wurde damit zum Vorbild der europäischen Jugendbewegungen. Protest gegen Langeweile und verkrustete Strukturen waren die Wurzel. Konnte er nicht eigentlich verstehen, dass die Jugendlichen, denen

Deutschland nicht mehr als ‚Generation Praktikum' zu bieten hatte, ihrer Heimat scharenweise den Rücken kehrten? Verfehlte Anreize, verfehlte Politik am Anfang und am Ende des Lebens. Ihm half gegen das Berliner Stillstandstheater nur der Rückzug nach innen.

Schön, dass heute Abend Bandprobe war. Er freute sich auf seinen Part an der Rhythmusgitarre bei der ACDC-Coverband *Angus and friends*. Christian knipste seinen Verstärker an, setzte seine Kopfhörer auf, drehte den Volume-Regler bis zum Anschlag auf und drosch das wunderbare Gitarrenriff von *You shook me all night long* in die Seiten. Ein wenig fühlte er sich wie sein Vorbild Malcom Young, der die eigentliche Arbeit leistete, während sein Bruder Angus die Show machte. Fast wie im richtigen Leben. Er sang den Text mit und fühlte sich besser, bis sein Nachbar wütend an die Tür ballerte. Leider hatte er vergessen, den Ton am Verstärker abzuschalten. Der Zorn des Nachbarn tat ihm gut. Mit dieser Musik fühlte er sich wieder frei und lebendig. Fast so frei musste sich der ehemalige Sänger der Band Bon Scott gefühlt haben, als er bei einer Zwischenlandung in den Arabischen Emiraten einen doppelten Scotch bestellte. Der Barmann antwortete im Brustton der Überzeugung und der Kenntnis des Alkoholverbotes seiner Religion in den Fastenmonaten, dass man ein solches

Getränk nicht habe. Er wunderte sich nicht wenig über die Antwort des Rockstars:

„Dann mach halt einen Dreifachen."

Christian verstand das Gefühl seines Idols, als der Nachbar an die Tür hämmerte. Warum eigentlich lebte er ein Leben in der zweiten Reihe? Immerhin half es ihm für diesen Moment, um nicht an Anna Rosenkranz zu denken.

Ove wird verhört

„Herr Ove – "

Ole Sörensen blättert in seinen Akten. Es ist Freitag der 25. November, neun Uhr.

„Herr Ove Hendriksson, wir möchten Sie heute im Fall Anna Rosenkranz verhören. Sie waren der erste, dem Ihre Kollegin Frau Schiller vom Tod der Frau Rosenkranz berichtete."

Ove Hendriksson nickt.

„Bitte schildern Sie uns, was sich an jenem Nachmittag zugetragen hat."

Ove Hendriksson richtet sich auf seinem Stuhl auf. Die Beine kann er nur mit Mühe unter dem Tisch verstauen. „Bohne, Kanone" haben die Mitschüler ihm in Kindestagen nachgerufen und auch noch im Jugendalter ist er mit seinen drahtigen Beinen und Armen und der Körpergröße von über zwei Metern gehänselt worden. Erst als er anfing, sich für Rockmusik zu begeistern und seine Riffs mit anderen zu teilen, lernte er, was es heißt, befreundet zu sein. Nach dem Schulabschluss reiste er mit seinen Kollegen durch Südamerika. Von Kolumbien trampten sie über Ecuador und Peru nach Bolivien. Es waren weniger die touristischen Highlights wie Machu Pichu, Cartagena und der Lago Titicaca, die ihn begeisterten; ihn fesselte viel mehr das raue Leben der Bauern auf dem Altiplano, die auf den Feldern ihre Lebensgrundlagen bestellten und bei denen Gemeinschaft und Zusammenhalt noch etwas bedeutete. Ihn überwältigte auch die weite und unberührte Natur der Hochebene. Seitdem kultiviert er seine raue Stimme, denn geheimnisvoll und ein wenig wild soll sie klingen. Seit den Tagen mit den Campesinos trägt er auch einen Fünf-Tage-Bart. Die Geheimratsecke und die Falten auf den Wangen sind erst unlängst hinzugekommen.

„Die Juli, also die Juliane Schiller, kam eben an dem Nachmittag zu mir her und hat gesagt, dass die Rosenkranz tot ist. Das heißt, sie hat gestottert wie ein kleines Mädchen und ich hab gleich gewusst, was Sache ist. Ja und dann? Dann lief alles wie immer. Die Meldung, der Totenschein und so." Ove Hendriksson macht eine Pause.

„Was schon anders war als sonst, das war eben das mit dem halben Zahn. Erst dacht' ich ja, die Putze spinnt, doch naja, haben ja dann alles ordnungsgemäß gemeldet und in den Schrank gepackt." Ove zögert. „Gewundert hab' ich mich schon, dass das mit der Rosenkranz so schnell ging, das hätt' ich nicht gedacht."

„Herr Hendriksson, ist Ihnen denn etwas Besonderes aufgefallen an jenem Nachmittag?

War irgendwas anders im Heim, war jemand da, haben Sie jemanden in das Zimmer gehen sehen, bevor Rosenkranz starb?"

Ove Hendriksson stockt für einen Moment und entgegnet „Ähm, nö."

Die Kommissare schauen ihn erwartungsvoll an. Sekunden vergehen.

„Herr Hendriksson, Sie wissen, dass Sie uns die Wahrheit sagen müssen, auch, wenn Sie womöglich Kollegen belasten. Sie sind ein wichtiger Zeuge und für jede Falschaussage werden Sie zur Verantwortung gezogen."

„Ach, naja, wahrscheinlich ist es gar nicht so wichtig. Also es ist so." Wieder richtet Ove Hendriksson sich auf und verstaut seine Beine unter der Tischplatte.

„Die Juli, also Sie wissen schon, die Juliane Schiller. Die ist schon mal rein, also ins Zimmer von Frau Rosenkranz. Ja ich hab' sie gesehen, kurz bevor sie dann ein zweites Mal kam und mich aufgelöst auf dem Gang abgefangen hat."

Die Kommissare horchen auf.

Juliane Schiller, eine Mörderin?

Ole Sörensen und Katharina Becker steigen in den Ford Escort. Der Fall hat soeben eine seltsame Wendung genommen. Juliane Schiller, eine Mörderin? Die Kommissare können dem Verdacht nicht richtig glauben, doch wäre die junge Frau, sollte sie tatsächlich im Zimmer von Frau Rosenkranz gewesen sein, die letzte, die sie lebend oder die erste, die sie tot gesehen hat. Welche Motive könnte Juliane Schiller gehabt haben? Geldnöte, die sie mit einem Griff in das Portemonnaie von Frau Rosenkranz beglich? Hatte sie Mitleid mit ihr?

Das alles leuchtete den Kommissaren nur teilweise ein.

Sie kamen an. Ein schmaler gepflegter Rasen brachte etwas Abstand zwischen die Besucher und die braun verfärbte Fassade. Von den Balkonen hingen die Reste üppiger Geranien herunter. Sie klingeln.

Juliane Schiller lässt sich Zeit, bis sie schlurfend die Tür erreicht.

„Ich hab' mich schon nach dir gesehnt", säuselt sie von drinnen. Die Tür öffnet sich.

Amüsiert blicken die Kommissare sich in der Einzimmerwohnung um. Weinflaschen, halbvolle

Teller und ein Chaos aus Decken und Kissen zeugen von einer lebhaften Nacht. Frau Schiller, die verdutzte Königin im Morgenmantel.

„Oh, ich hatte eigentlich jemand anderen – "

„Das dachten wir uns. So verführerisch werden wir eher selten empfangen", entgegnet Ole. Sie setzen sich.

„Frau Schiller, ich denke, Sie haben uns etwas zu sagen." Katharina Becker eröffnet das Verhör.

„Wie meinen Sie?" Die junge Frau braucht sichtlich einige Zeit, um sich und ihre Gedanken zu sammeln.

„Frau Schiller, wir ermitteln im Fall Anna Rosenkranz", schließt Ole Sörensen an. „Wir haben vorgestern mit Ihnen gesprochen und Sie gaben vor, außer dem Fallgespräch nichts zu sagen zu haben. Sie wurden gesehen. Erzählen Sie."

Juliane Schiller schaut von Ole Sörensen zu Katharina Becker und wieder zurück. Minuten vergehen.

„War es das Geld?", Ole Sörensen gibt sich verständnisvoll.

„So ein Quatsch!", Juliane Schiller findet ihren Mut zurück. „Ja, ich war schon einmal im Zimmer der Rosenkranz, noch bevor ich den Tod festgestellt und gemeldet habe. Doch da dachte ich einfach, das kann nicht sein. Sie wissen schon, dass sie tot ist und so. Sie war ja noch so jung, nicht einmal fünfzig, und – "

Juliane Schiller blickt den Kommissaren fest in die Augen.

„Haben Sie schon einmal einen Toten gesehen?"

Etwas verdutzt schauen Ole Sörensen und Katharina Becker die junge Frau an.

„Frau Schiller, wir arbeiten bei der Mordkommission – "

„Ja gut, dann ist das etwas anderes. Aber wer sonst in Deutschland hat denn sonst mit Toten zu tun? Die verschwinden doch in Kühlhallen und Kapellen, bis sie in die Erde abgeschoben werden. Ob sie's glauben oder nicht, ja, ich war im Zimmer. Doch ich konnte einfach nicht glauben, dass sie tot ist. Dann bin ich wieder raus, einfach so. Als ob nichts gewesen wäre."

Die Kommissare warten.

„Mehr gibt es dazu nicht zu sagen. Und übrigens, der Verdacht mit dem Geld ist Schwachsinn. Die Rosenkranz hatte keine Kohle, das weiß doch jeder, besonders auch der Krüger, der sich die ganze Zeit über die Streitereien mit dem Sozialamt und die fehlenden Zahlungen der Tochter beschwerte. Bei der Rosenkranz war nichts zu holen, das können Sie mir glauben."

„Frau Schiller, warum sollten wir Ihnen glauben?"

„Ich bin vielleicht etwas grün hinter den Ohren, doch eine Mörderin? Das bin ich nicht. Ich könnte niemals jemandem die Zähne aus dem Mund schlagen und schon gar nicht einer Frau. Das müssen Sie mir glauben."

„Mhm", brummt Ole.

„Aber ich sage Ihnen, da war ein Mann. Ich habe ihn in das Zimmer huschen gesehen. Ein hagerer Kerl, es war dunkel und schnell war er aus meinen Augen, doch da war jemand. Der ist auch nicht mehr raus gekommen."

„Können Sie ihn näher beschreiben?"

„Nein, wie gesagt, es war dunkel. Ich wollte das eigentlich nicht sagen, aus Angst um meinen Job, verstehen Sie. Doch da war wirklich jemand."

„War er groß, war er klein?" Katharina Becker wird ungeduldig.

„Mittel würd ich sagen. Nicht dick."

„Gut, Frau Schiller, Sie hören wieder von uns" Die Kommissare lassen Juliane Schiller in ihrem Reich zurück.

„Ist das ein gekonntes Ablenkungsmanöver?"

„Hm, womöglich. Ein hagerer Mann? Ove? Ist das die verspätete Rache, dass er sie verpfiffen hat? Zumal er wohl der Liebhaber der letzten Nacht sein dürfte. Ich bin mir nicht sicher. Irgendwie haben hier alle irgendjemand anderen gesehen."

Bingo in der Krokusblüte

An jedem ersten und dritten Mittwoch im Monat wird früh morgens das Schild „Café Bingo" an der Tür des Tagesraums angebracht. Manchen Bewohnern ist das egal, andere nehmen die Ankündigung überhaupt nicht wahr. Einige aber schleichen schon vormittags, spätestens aber ab dem Mittagessen um den Gruppenraum und halten Ausschau nach Kiki und den Kugeln. Denn das „Café Bingo" ist Kikis Veranstaltung. Im „Café Bingo" gibt es nicht nur den täglich wiederkehrenden schnöden Kaffee, sondern auch eine Menge witziger Siegerprämien und Geselligkeit.

Zum Bingo bringt Kiki ein wundersam antiquarisch aussehendes Gerät mit, das sie lässig unter dem Arm trägt. Damit mischt sie die Kugeln und zieht die Zahlen. Es ähnelt der Trommel in der Ziehung der Lottozahlen, die jeden Samstag im öffentlich-rechtlichen Fernsehen und seit neustem auch im Internet zu sehen ist. Nur ist Kikis Apparatur klein und filigran, das Rund erinnert an eine Wäschetrommel aus Draht, deren Maschen gerade so eng verflochten sind, dass die Kugeln nicht hindurchschlüpfen können. Sobald Kiki an der Kurbel dreht, springen die Kugeln in der Trommel wie aufgescheuchte Flöhe auf und ab und lassen dabei helle Töne erklingen. Immer dann, wenn Kiki die Drehrichtung wechselt, gleitet eine Kugel auf eine Schiene. Sie wird dann in eine Sackgasse geleitet, endet in einer kleinen Auffangstelle und verheißt die kommende Gewinnzahl.

Es bereitet Kiki Freude, zusammen mit ihrer Freundin Steffi die Nachmittage mit diesem einfachen und zugleich so unterhaltsamen Spiel und mit den alten Menschen im Heim zu verbringen. Mit Steffi hat sie sich kurz nach ihrem Umzug nach Husum angefreundet. Steffi trägt ihre Haare mal schwarz, mal rot und zeitweise auch blau. Sie sind immer schräg gescheitelt und diagonal über ihr Gesicht gelegt. Steffi besticht mit ihrer losen Zunge und provoziert durch üppige Rundungen in Kleidungen, die allesamt entweder im Gothic Laden *Elbenwald* oder Second Hand erworben worden sind.

Seitdem die beiden jungen Frauen das „Bingo Café" gestalten, tuscheln die Heimbewohner hinter vorgehaltener Hand über Steffi. „Das ist so ein schräger Vogel" ist manchmal zu hören. „Die Steffi kennt nix" weiß der alte Paul Halgrimsson zu berichten und meint damit die lockeren Sprüche von Steffi, die schon manchmal dezent aber unmissverständlich unter die Gürtellinie gerutscht sind. Bente Brugsen liebt es, im „Café Bingo" über die Sprüche zu kichern und Topfpflanzen und Sektflaschen in piccolo zu gewinnen.

Fahrt zurück

Kristina ist gegen halb zehn in Altona in den Zug der NOB nach Westerland gestiegen. Um halb zwölf soll er Husum erreichen. Inga-Lena und sie hatten in Hamburg noch einen schönen Freundinnennachmittag verbracht. Sie waren zu dem Ergebnis gekommen, dass ein Leben in Deutschland zwar interessant, für eine Schwedin auf Dauer aber nicht auszuhalten ist. Zu hektisch, zu unruhig. Die deutsche Ruhe des Sonntagnachmittags ist die schwedische Hektik des Montagvormittags, hatte Lena zu ihr gesagt. Lena lebte mit ihrem Partner schon lange zusammen und hatte ein gutes Leben, aber es konnte ihr nicht die schwedische Lebensart ersetzen. Für sie blieben die Deutschen speziell. Thor, Inga-Lenas Sohn, war für Kiki eine Art Patenkind. Sie liebte den kleinen Kerl und fragte sich oft, wie es wäre, wenn sie Kinder hätte. Das größte Problem daran schien ihr eine tragfähige Beziehung zu sein. Manchmal hatte sie den Eindruck, immer nur Typen zu kennen, die kein Vertrauen in Beziehungen hatten. Keine Verbindlichkeit, keine Verantwortung. Lose Beziehungen konnte sie jederzeit eingehen. Diese waren auch befriedigend, aber eben nicht mehr als das.

Kiki liebte es, den Lebensanfang und das Lebensende miteinander zu vergleichen. In beiden Situationen halten die Menschen, die das Baby oder den Sterbenden begleiteten, das noch zu lebende oder das schon gelebte Leben in ihren Händen. Das Leben ist dann unendlich nah. Warum bloß hatte noch keiner ihrer Typen das begriffen? Mein Leben ist unendlich, wenn ich es von meinen Kindern aus sehe. Mein Leben wird ebenso unendlich, wenn ich als Teil der Geschichte anderer Menschen weiterlebe. Seltsamerweise war der nächste Song auf ihrem MP3-Player down under von men at work:

Buying bread from a man in Brussels, He was six foot four and full of muscle, I said, "Do you speak-a my language?", He just smiled and gave me a Vegemite sandwich, And he said:

I come from a land down under, Where beer does flow and men chunder, Can't you hear, can't you hear the thunder, You better run, you better take cover.

Sie wollte nicht glauben, dass Glücklichsein für Männer nur daraus bestand, große Muskeln zu haben, Bier zu trinken bis es nicht mehr ging und sich zu verdrücken, wenn es nach Arbeit aussah. Kiki blickte aus dem Fenster und ihr wurde schlecht, als sie an Vegemite dachte. Noch nie zuvor und niemals nach dem „Genuss" dieser australischen Spezialität war ihr so schlecht geworden.

Während der Zug aus dem Bahnhof schaukelte und Kiki ins Dunkle starrte, kam sie zurück nach Husum. Wer ist eigentlich dieser Typ gewesen, mit dem sie auf dem Husumer Marktplatz geredet hatte? Und vor allem, wie waren sie auf das Sterben als Thema gekommen?

Es fiel ihr wieder ein, dass sie Oliven und Schafskäse in Knoblauchöl kaufen wollte. Sie hatte sich an dem Verkaufswagen *Hellas – Griechische Spezialitäten* angestellt. Zwischen dem Verkäufer und einem Kunden war es zu einer wilden Diskussion gekommen, noch bevor Kiki an den Wagen herangetreten war. Der Kunde hatte den Käse gekostet und den Verkäufer gefragt, warum sich in dem aufgeplatzten Müllsack hinter dem Verkaufswagen so viele Verpackungen von *Lidl Original griechischer Schafskäse* befanden, die der Wind über den Husumer Marktplatz blies. Den naheliegenden Verdacht des Kunden konnte er nicht widerlegen. Mittlerweile war bereits die Polizei eingetroffen und hatte dafür gesorgt, dass die beiden Streithähne ihre Fäuste bei sich behielten. Als Kristina gerade gehen wollte, hatte sich der Mann umgewandt. Er sah Kiki an und da er seinem Ärger irgendwie Luft machen wollte, sagte er mehr zu sich selbst, als zu Kiki:

„So ein verdammter Beschiss."

„Finde ich auch", erwiderte Kiki.

„Es ist doch zum Kotzen", sagte der Mann. „Da bemühen sich manche um Qualität und faire

Preise und so ein verdammter Betrüger macht sein Geschäft mit Industrieware."

„Das ist auch alles andere als in Ordnung. Ich glaube dass jemand, der von Griechenland aus auf dieses Treiben blickt, Deutschland nicht verstehen wird. Obwohl ich als Schwedin schon lange hier lebe, finde ich diese Deutschen oft sehr speziell. Obwohl es ihnen großartig geht und man wohl kaum anderswo auf der Welt ein so sicheres und sorgloses Leben führen kann, sind die Deutschen ganz grundsätzlich missmutig und unzufrieden."

„Mögen Sie einen Kaffee?" fragte sie der Mann, der vom Alter ungefähr ihr Vater sein könnte. Da Kiki nichts Besonderes vorhatte, willigte sie ein.

Nachdem sie sich eine Weile über den Skandal am Käsewagen unterhalten hatten, waren sie über diverse Themenschleifen auf das Sterben zu sprechen gekommen. Wie genau wusste Kiki jetzt, wo der Zug gerade Elmshorn passierte, nicht mehr. Irgendwann hatte sie ein wenig von ihrer Arbeit erzählt und der Mann war hellhörig geworden. Sie hatte ihm erklärt, dass sie sich sehr für palliative Arbeit interessierte. Sie hatte auch voller Überzeugung geschildert, dass sie eine Gegnerin der Sterbehilfe und dass die Palliativmedizin doch ein sehr guter Ausweg aus diesem Dilemma sei. Schmerzen und andere belastende Symptome könnten gelindert werden und an die Angehörigen würde auch gedacht. In Deutschland gebe es jetzt sogar eine besondere Förderung der Krankenkassen für Patienten in der Sterbephase, wenn besonders schwierige Symptome vorlagen.

Der Mann hatte ihr interessiert zugehört und dann von seinen Gedanken erzählt. Zu Kikis großer Verwunderung beschrieb der Mann eine Krankheitssituation, die sich anhörte, als erzählte er Teile der Lebensgeschichte von Anna Rosenkranz. Da sich Kiki an die Schweigepflicht hielt, fragte sie nicht nach dem Namen und hörte dem Mann einfach zu.

„Stellen Sie sich mal eine Frau vor, ein wenig älter als vierzig Jahre, die vor zwei oder drei Jahren einen Schlaganfall hatte. Keine Sprache mehr, muss im Bett liegen, kann nicht mehr schlucken, die ganze Scheiße also. Stellen Sie sich mal vor, sie haben diese Frau geliebt. Sie wissen von ihrer unbändigen Lebenslust und haben ihren Satz im Ohr ‚Wenn es mal nicht mehr geht: Lieber will ich tot sein als hilflos‘. Was machen sie dann, wenn sie einfach nicht sterben kann, weil bei jedem Ziepelchen der Herr Doktor kommt und irgendwas macht? Was machen Sie, wenn dann die Medizinindustrie und die Pflege auftreten? Sie sehen den Verfall, die Traurigkeit, den ganzen Wahnsinn, was machen Sie?“

Kristina konnte nicht antworten, sie war von der Emotionalität des Vortrages und der verstohlenen Bewegung, mit der sich ihr Gegenüber einige Tränen aus den Augen wischte, berührt.

Der Mann bezahlte den Kaffee und ihre Wege trennten sich.

All along the watch tower

Krüger petzt

Heimleiter Jürgen Krüger liegt in seinem Wohnzimmer auf dem Sofa. Der Fall Anna Rosenkranz lässt ihn nicht los. Frau Brinkmann, seine Sekretärin, hat ihm die Unterlagen gebracht, die zum Fall Rosenkranz gehören. Es ist zwar nicht ganz korrekt, Unterlagen aus dem Heim mit nach Hause zu nehmen, aber falls er noch einmal befragt würde, möchte er besser vorbereitet sein als beim letzten Mal. Dieser schmierige Bulle und das penetrante Weibsbild in seinem Gefolge, so dachte er, sind mir sowas von auf die Nerven gegangen. Er erinnerte sich mit leichtem Stolz an die Situation zurück. „Schön, dass ich die so abserviert habe", sagt er vor sich hin. „So einfach kommt man mir eben nicht bei."

Krüger streckte sich noch einmal behaglich auf dem Sofa und rief nach seiner Frau.

„Lilo, was gibt's eigentlich heute zum Mittagessen?"

Lieselotte Krüger stand in der Küche und hatte gerade überlegt, wie das mit der Krankschreibung ihres Mannes über so lange Zeit wohl gehen sollte. Wenn er arbeiten war hatte sie ihr Reich, die Wohnung, für sich. Sie brauchte nicht zu arbeiten und konnte ihren Tag nach eigenem Gutdünken gestalten. Dafür akzeptierte sie ihren Mann. Sie ließ ihn auch in dem Glauben, dass er der Herr im Haus war und bemühte sich, sich so unauffällig wie möglich zu verhalten, wenn er zuhause war. Sie kochte für ihn, wusch seine Wäsche, schlief ein oder zweimal im Monat mit ihm und lebte ansonsten ihr eigenes Leben. Da ihr Mann zu Hause nicht präsent war, lebte sie eigentlich ein gutes Leben. Manchmal dachte sie darüber nach, ob das vielleicht nur eine Art Seifenblase war. Was käme zum Vorschein, wenn sie platzte? Eine Lebenslüge?

„Grünkohl mit Schweinebacke, Kassler und Kohlwurst und karamellisierte Bratkartoffeln", rief sie aus der Küche hervor. „Grünkohl grob durchgedreht und auf Griebenschmalz gekocht."

Krüger schnalzte mit der Zunge. Sein Leibgericht. Das würde trotz der Zahnbehandlung gehen, schließlich war er Friese, und wenn man nach dem ersten Nachtfrost das friesische Nationalgericht essen konnte, war die Welt so oder so in Ordnung.

Immer heftiger in Wut gerät der Tyrann, Und er speit in den dampfenden Kohl hinein: Nun geh an deinen Trog, du Schwein. Und er will, um die peinliche Stunde zu enden, Zu seinen

Leuten nach draußen sich wenden. Dumpf dröhnts von drinnen: Lewwer duad üs Slaav! Einen einzigen Sprung hat Pidder getan, Er schleppt an den Napf den Amtmann heran, Und taucht ihm den Kopf ein, und läßt ihn nicht frei, Bis der Ritter erstickt ist im glühheißen Brei. Die Fäuste dann lassend vom furchtbaren Gittern, Brüllt er, die Türen und Wände zittern, Das stolzeste Wort: Lewwer duad üs Slaav!

Krüger war stolz darauf, dass er seine Lieblingspassage aus dem Gedicht *Pidder Lüng* von Detlev von Liliencron immer noch auswendig konnte. Wenn Besuch zum Grünkohlessen kam, trug er das Gedicht gerne vor und freute sich über die Anerkennung, die er dafür erhielt.

„Stell bitte auch den Linie Aquavit kalt, Lilo."

Du fauler Arsch, könntest mir ruhig ein wenig helfen, dachte sie, während sie sagte „Ja Schatz, das Essen braucht aber noch eine Stunde."

Krüger fühlte sich in diesen Momenten Pidder Lüng sehr verbunden und wandte sich wieder seiner Lektüre zu, der Stationsdokumentation vom 21. November.

„Aha, da hat doch dieser Etagenkellner die Greisin gefüttert, bevor sie dann endgültig erstickt ist. Also kein Mord, sondern Unfall. Wenn die Blödel von der Polizei ihre Arbeit mal etwas gründlicher machen würden, wäre dieser ganze Zirkus gar nicht nötig gewesen. Nicht verzagen, Krüger fragen!"

Jürgen Krüger griff zum Telefonhörer und wählte die Nummer der Husumer Kripo. Nun würde er denen mal erzählen, wie Ermittlungen richtig, einfach und effektiv zu führen sind.

„Kann ich bitte Frau Becker sprechen", sagte er dem diensttuenden Beamten.

„Moment – "

„Katharina Becker?"

„Krüger!"

Bevor Jürgen Krüger etwas sagen konnte, würgte Katharina ihn ab.

„Na, Sie können wohl Gedanken lesen. Ich habe gerade an Sie gedacht, Krüger. Wir haben am Tatort eine Krawattennadel sichergestellt. Die könnte doch zu Ihnen gehören, Meister Golfclub Husum 2012. Die Ehre kam doch Ihnen zu, oder?"

Einige Sekunden blieb die Leitung stumm.

„Krüger, sind Sie noch dran?"

„Aber ich hab die Alte doch gar nicht gefüttert, das war doch der Pfleger Christian", stammelte er.

„Ich denke, Sie kommen morgen früh hier im Präsidium vorbei, mein Kollege und ich hätten noch einige Fragen an Sie, und nochmal möchten wir Sie zu Hause nicht bloß stellen. Ihr letzter Auftritt war peinlich und unangenehm. Also, sagen wir morgen früh um zehn Uhr dreißig?"

Jürgen Krüger willigte ein und legte auf. Genervt packte er die Stationsdokumentation und pfefferte sie auf den Stapel Brigitte Zeitschriften seiner Frau.

„Wir können gleich essen, deckst du schon mal den Tisch?" rief Lieselotte aus der Küche, um einen freundlichen Ton in ihrer Stimme bemüht.

„Scheiße, ich hab einfach keinen Hunger auf dieses fettige Zeug!", schnauzte Jürgen Krüger. Widerwille machte sich in ihm breit, auf seine Arbeit, sich und auf seine Frau.

 Exit

„Chef, die Kripo ist für Sie da, ich habe denen schon gesagt, dass Sie wenig Zeit haben. Die kleine aufgeblasene Pute, bestimmt der Lehrling, hat schon ordentlich Schaum schlagen wollen, aber Sie kennen mich ja!", sagt Sandra und schaut ihren Chef erwartungsvoll von der Seite an, als erwarte sie ein Leckerli zum Lob.

Jessen dachte noch, wie sehr er Sandra und ihr vorlautes Mundwerk kennt und dass das nicht immer zu seinem Vorteil war. Während er mit einem Auge in Richtung Wartezimmer peilt, um etwaige Gefühlsregungen der Polizisten zu erspähen, erwidert er: „Was hat sie denn gesagt, die Kommissarin?"

„Nä Chef, da ist nur Ole Sörensen, Sie wissen schon, und eben seine Praktikantin."

„Frau Hauptkommissarin Becker und der Herr erste Polizeihauptkommissar Sörensen, ja. Und was hat die Kommissarin gesagt?"

Sandra errötet leicht, fängt sich aber schnell wieder und erwidert: „Sie müssten Sie dringend sprechen, aber ich hatte schon –"

„Danke Sandra, bitten Sie die beiden doch in Sprechzimmer drei und verschieben Sie die Folgetermine um eine halbe Stunde. Für mich und Ole einen Kaffee mit Milch und für die Frau Hauptkommissarin einen Espresso, bitte!" Jessen geht in das Sprechzimmer drei und wartet auf seine beiden Besucher. Sandra bringt den bestellten Kaffee. Als sich die Blicke der beiden Frauen begegnen, spüren Jessen und Ole ein eisiges Kribbeln im Rücken. Man könnte die viel zitierte Stecknadel fallen hören.

Wortlos und etwas zu schwungvoll stellt Sandra den Kaffee auf dem Tisch ab. Keiner der beiden Männer traut sich, ein Wort zu sagen. Ole denkt darüber nach, warum Frauen immer die Tendenz haben, sich bei Streitigkeiten in der Nähe des dritten Weltkrieges zu bewegen. Jessen denkt: „Wenn mir einer blöde kommt, nenne ich ihn wie ich denke, nämlich Arschloch! Dann ist es gut. Aber wenn zwei Frauen sich nicht mögen..."

„So Jessen, Butter bei die Fische, warum nesteln Sie des Nachts im Unterholz an einem Tatort rum?", fragt der Kommissar.

„Na ich denke mal, das war sowas wie Frust über meine Trottelei mit der Todesbescheinigung. Für mich ist das so etwas wie Komplettversagen. Ich fühl` mich schuldig ohne es zu sein. Ich weiß, dass ich mit dem Tod von Anna nichts zu tun habe. Trotzdem hätte ich unwissentlich fast die Aufklärung einer Straftat vereitelt und so dachte ich, … ".

Ole grunzt ein wenig, als er sieht, wie schwer sich Jessen mit seiner Aussage tut. Er kennt den Arzt ansonsten als seinen Behandler, der ihm schon oft aus unangenehmen Gesundheitssituationen geholfen hat. Seine Zuwendung, die Überweisung zum Psychotherapeuten und die mit Bedacht gewählten Medikamente hatten Ole damals, als sein Teampartner verunglückte, vor einer tiefen Depression bewahrt. Nun wird Oles Glaube an die Droge Arzt auf eine harte Probe gestellt.

„... ich sollte doch etwas zur Aufklärung des Falls beitragen. Ich hatte die Hoffnung, irgendetwas zu finden."

„So, so! Lassen wir das mal für einen Moment so stehen", unterbricht Katharina ihn, die meint, genug gehört zu haben und keine Lust auf einen monologisierenden Hausarzt in einer persönlichen Krise hat. Die entstandene Stille füllt Ole: „Jessen, jetzt sag mal, wie war denn das Verhältnis von der Helene Rosenkranz und ihrer Mutter?"

Jessen ist einigermaßen erstaunt und setzt zu neuen Ausführungen, diesmal zu dem von Ole angeschobenen Thema, an.

„Die beiden Frauen, was mögen sie einander bedeutet haben? Dadurch, dass Helene mich nach *Dignitas* gefragt hat, ist bei mir noch einmal ein neues Bild ihrer Beziehung entstanden."

Katharina und Ole blicken sich an. Beide wissen, dass es kein guter Moment ist, die Schilderung des Arztes zu unterbrechen.

„Kurz bevor Anna gestorben ist, hat sie mich gefragt, wie das mit *Dignitas* in der Schweiz geht und so. Ich habe ihr geantwortet, dass ich gemäß des Hippokratischen Eides keinem Menschen ein tödlich wirkendes Gift geben darf und dass sich mir deswegen Fragen zur Sterbehilfe grundsätzlich nicht stellen. Klar weiß ich, dass eine Einstellung wie die sehr vereinfacht ist, aber mir hilft sie, mein Denken und Handeln zu ordnen."

„Hm", brummt Ole. Ihm fällt soeben auf, dass der Mediziner offenbar tiefgründiger funktioniert, als er ursprünglich angenommen hatte. Katharina ist sprachlos.

„Also die beiden Frauen verband so eine Art Hassliebe. Ohne einander war nicht möglich und miteinander ging gar nicht. Anna hatte alles für Helene getan und immer dafür gesorgt, dass sie ein gutes Leben haben sollte. Das war natürlich das Leben, das Anna für lebenswert hielt. Klischees einer Mutter, die es gut meint. Für Helene war das spießiger Scheiß ihrer verzagten Alten und deshalb kam es immer wieder zu Streitigkeiten. Helene, an und für sich eine schlaue junge Frau, landete an der Discounterkasse, weil sie ihre schulische Ausbildung zu Gunsten eines Lebens in einer Wohngemeinschaft geopfert hatte. Nach der Abtreibung, als Helene gerade mal vierzehn war, war lange Funkstille zwischen den beiden und Helene zog in ein Mädchenhaus in Heide. Als ihre Mutter dann so schwer erkrankte, war Helene aber sofort wieder da und begann ihre Mutter durchaus liebevoll zu unterstützen. Die beiden kamen eine Zeit lang mit Hilfe von der Sozialstation klar. Damals hatte Helene sogar erzählt, dass es ihr gut täte, ihre Mutter zu unterstützen. Sie hätte das Gefühl, etwas zurückgeben zu können. Und als Anna dann ins Pflegeheim ist, hat Helene mich nach den Adressen von *Dignitas* gefragt."

„Helenes Vater, kennen Sie den auch?", fragt Katharina.

„Soll irgendwann nach Griechenland abgehauen sein. Rhodos, glaube ich. Keine Ahnung was er dort macht, oder ob er noch lebt. Vielleicht weiß das die Sozialarbeiterin im Pflegeheim, Frau Fischer, näh Schiller meine ich."

Das Telefon auf dem Schreibtisch klingelt. Jessen hebt ab und hört einige Sekunden aufmerksam zu. „Ach tatsächlich, ich fahr' mal hin und sehe mir das an", erwidert er und steht auf.

„Wir müssen dann auch", sagt Katarina. Die Kommissare verlassen die Praxis.

Eine besondere Sitzung

Krüger findet sich am Nachmittag im Polizeipräsidium ein. Er will auf alle Fälle einen guten
Eindruck hinterlassen und versucht, einige Minuten vor dem vereinbarten Termin da zu sein.
Zehn Minuten vor der Zeit, ist des Soldaten
Pünktlichkeit, denkt Krüger, kämmt noch einmal seine Haare und nimmt ein Pfefferminz-
dragee in den Mund.

Diesmal stelle ich den Schnüfflern meine Situation endgültig klar, damit ich aus dem Schlamassel raus bin, davon ist er überzeugt.

Das mit der Krawattennadel, die er für den Gewinn der Vereinsmeisterschaft bekommen hat,
ist leicht erklärbar. Wenn nicht er selbst, wer
hätte dann die Arbeit von diesem faulen Gärtner
überwachen sollen? Krüger hatte sich zwischen
den Büschen versteckt, um seine Arbeit zu kon-
trollieren. Leider hatte der Gärtner seine Arbeit
sehr ordentlich und zügig abgewickelt und nicht
einmal eine Raucherpause eingelegt. So konnte
Krüger in cognito bleiben und er war dabei leider seiner Krawattennadel verlustig gegangen.

Als er am Polizeipräsidium ankam, war noch
keiner der beiden Kommissare vor Ort. Zu Krü-
gers Überraschung wurde er aber schon erwar-

tet. Der Beamte schickte ihn weiter, um einige seiner Daten durch den Erkennungsdienst aufnehmen zu lassen; Körpergröße, Gewicht, Schuhgröße, Speicheltest, Bestimmung der Blutgruppe und solche Dinge.

Auf seine Frage, wozu das nötig sei, wurde ihm lapidar geantwortet, dass er schließlich zu den Tatverdächtigen in einem Mordfall gehöre. Dann war er in ein Wartezimmer geführt worden und hatte dort eine Stunde auf die Kommissare gewartet. Die Beamtin an der Pforte hatte ihm erklärt, dass Ole Sörensen und Katharina Becker sich verspäteten.

Nach dem Telefonat mit Jürgen Krüger hatten sich die Kommissare abgesprochen und beschlossen, das Gaspedal der Ermittlung etwas mehr zu drücken und Krüger ein wenig unter Druck zu setzen. Zwar waren beide davon überzeugt, dass die Tat nicht von Krüger begangen worden sein konnte, aber vielleicht wusste Krüger doch von einem hilfreichen Detail zu berichten.

Oles Handy klingelte während sie am Husumer Marktplatz den dritten Espresso tranken. Hier gab es in einer kleinen Bar einen Barista der Triester Schule. Sein kleiner Brauner kam dem idealen Espresso sehr nahe. Wenn man auf die Uhr sah, konnte man erkennen, dass er exakt dreißig Sekunden abfüllte. Die Crema war wie ein Tigerfell gemustert und hatte die Farbe von Haselnuss.

„Er fängt so langsam an zu schwitzen und ist ziemlich nervös, ich glaub', ihr könnt kommen", gab die Beamtin im Präsidium bekannt.

Katarina und Ole, die eigentlich beide nichts von Psychospielchen hielten, machten sich auf den Weg. Diesmal ging es nicht anders und als Sympathieträger war Krüger gerade nicht zu bezeichnen.

Als sie am Präsidium angekommen waren, nahmen sie Krüger mit in ihren Wagen. Sie redeten, wie abgesprochen, nicht.

„Tatortbesichtigung", erklärte Katharina beiläufig, während Ole den fahrigen Krüger, der sich immer wieder räusperte, beobachtete.

„Die bringen das glatt fertig, mich zu verdächtigen, mich Jürgen Krüger!"

Katharina stoppte den Wagen vor dem Pflegeheim. Sie gingen um das Gebäude herum und Krüger berichtete und demonstrierte, wie er sich im Geäst neben dem Fenster von Anna Rosenkranz versteckt hatte, um den Gärtner zu beobachten. Ole runzelte die Stirn und dachte, mein Gott, so ein Widerling.

Katharina kratzte sich am Kopf. So ein Arschloch, dachte sie.

Nachdem sie die Runde beendet hatten, diktierte Ole den Sachverhalt auf sein Diktaphon.

„Kommen Sie Krüger, wir haben noch ein paar Fragen an Sie. Lassen sie uns reingehen, es beginnt zu schneien und bei diesem Schneematsch auf der Jacke werden die Klamotten schnell nass."

„Wir können gerne in mein Büro gehen Herr Kommissar", bot Krüger eifrig an.

„Macht keinen Sinn. Da ist gerade der Kollege von der Spusi, oder Ole?" warf Katharina ein, einem spontanen Einfall folgend. Natürlich wusste sie, dass man dafür einen Durchsuchungsbeschluss braucht. Den hätte der Staatsanwalt für das Büro von Jürgen Krüger niemals bewilligt. Aber ob Krüger noch wusste, was genau lief?

„Ja", nahm Ole den Spielball auf. „Das stimmt natürlich. Ich denke, wir gehen einfach in einen der Räume da hinten."

Er zeigt auf ein verglastes Zimmer am anderen Ende des Ganges.

Die drei gingen in den Tagesraum, in dem soeben die Hockergymnastik beendet wurde. Sie positionierten sich um einen Tisch herum. Ole ließ sich nieder. Er bemerkte beim Hinsetzen ein leicht schmatzendes Geräusch des Kissenbezuges. Ein Hauch von Urin stieg auf. Sogleich wurde es im Gesäß- und Oberschenkelbereich feucht und kühl. Ole war unmittelbar klar, dass der vor ihm auf dem Stuhl sitzenden Person die Kontrolle über ihre Blasenfunktion nicht zuverlässig gelungen war. Katharina blickte ihn fragend an. Krüger bezog den angewiderten Blick des Kommissars auf sich und wurde umso nervöser.

Ole ließ sich nichts anmerken und befragte Krüger zu der Tatzeit. Dieser schilderte:

„Ich war in meinem Büro und habe gerade meine Schreibkraft rundgemacht, äh darüber informiert, dass ich bei einigen Textpassagen des Protokolls der Fallbesprechung, wir hatten das mit Tonband aufgenommen, etwas mehr Sorgfalt erwartet hätte. Das kann sie auch bezeugen. Bei der Durchsicht der Pflegedokumentation ist mir aufgefallen, dass der Pfleger Christian kurz bevor unsere Bewohnerin verstarb, sie noch gefüttert hatte – wenn Ihnen das hilft. Danach war auch noch diese komische Schwedin bei ihr im Zimmer. Hat für teures Geld Schlucktraining gemacht. Das nennt sich dann Logopädie. Aus meiner Sicht ist das wohl eher Leichenschändung gewesen, aber lassen wir das."

„Dazu würde ich Ihnen auch raten, mein Lieber" brummte Ole, den sein nasser Hintern an die Grenze der Unausstehlichkeit führte.

„Selbstverständlich, Herr Kommissar", schleimte Krüger. „Also danach gab es dann noch diese Fachbehandlung. Vielleicht hat sie dabei auch aspiriert, wer weiß das schon. Es wäre dann in beiden Fällen nur ein bedauerlicher Unfall. Na ja, leider kann ich nicht alles überwachen. Unsere Aktionäre und die Bosse ganz oben, die hätten das gerne, dass alles geschützt und kontrolliert ist. Dann wirft das Heim gute Noten und gute Gewinne ab. Aber alles, was die Bewohner und die Mitarbeiter anstellen, kriege ich leider nicht mit", schildert Jürgen Krüger mit verzagter Miene.

„Krüger das reicht. Sie können gehen. Ich nehme das auf mein Diktaphon zu Protokoll und dann gehen wir."

„Auf Wiedersehen", sagte Krüger.

Nachdem er den Raum verlassen und die Tür geschlossen hatte, fuhr Ole wie vom Blitz getroffen vom Stuhl auf.

„Ein Vorgeschmack auf später", frotzelte Katharina. „Und leg im Auto bitte was unter, sonst haben wir noch nächste Woche etwas von unserem Ausflug hier." Sie atmete ein. „Nein im ernst, warte hier, ich frag bei der diensthabenden Schwester, ob die ein paar trockene Hosen und Unterhosen für dich haben."

Nach kurzer Zeit war Katharina zurück und Ole wechselte wortlos und dankbar die Kleidung. Katharina fielen seine muskulösen Beine und sein wohlgeformter Hintern auf. Der bewundernde Blick der Kollegin blieb ihm nicht verborgen und entschädigte ein wenig für den Vorfall.

„Sind Hochwasserhosen eigentlich wieder modern?" fragte Katharina und entschärfte damit den Augenblick. Dann fuhren sie zurück ins Präsidium.

Schwarzer Berlingo auf Amrum gesichtet

„Chef, ein schwarzer Berlingo wurde auf Amrum gesichtet. Es ist der Wagen von Helene Rosenkranz. Sie liegt im Wagen und rührt sich nicht. Was sollen wir tun?"

Der Kollege von der Streifenpolizei ist aufgebracht. Seine Stimme ist durch den Sturm kaum zu verstehen.

Ole Sörensen reibt sich die Augen. Verdammt, flucht er leise in sich hinein, es ist Samstag früh um sieben.

„Lebt sie?", erkundigt sich der Kommissar.

„Weiß nicht. Kann man nicht sehen von außen. Die Fenster sind beschlagen, die Türen zu. Sie liegt unter einem Berg aus Schlafsäcken und Decken. Geklopft haben wir nicht."

„Schnell, nehmt Kontakt zu ihr auf, und wenn sie sich nicht rührt, brecht das Auto auf."

Ole hört hinter dem gefräßigen Sturm die eiligen Schritte seines Kollegen auf dem Schotter. Dann hört er ihn nach der vermissten Frau rufen. Frau Rosenkranz, wachen Sie auf, Frau Rosenkranz, wieder und immer wieder. Der Sturm dröhnt durch den Hörer. Frau Rosenkranz.

Ole Sörensen lässt sich zurück in die Kissen fallen. Eine zweite Leiche, denkt er erschöpft in sich hinein. Als der Kommissar in Gedanken beginnt, die Anweisung zum Aufbrechen des Wagens zu geben und den kommenden Tag mit Katharina, der Spurensicherung und allen anderen zu koordinieren, erreicht ihn die Ent-warnung.

„Herr Sörensen, sie bewegt sich. Sie versucht, die Tür zu öffnen. Gleich haben wir sie."

Der Wind dröhnt durch die Muschel. Ole Sö-rensen atmet aus. „Bringen Sie sie ins Revier, ich bin in zwei Stunden da."

„Jawohl, Herr Sörensen", erwidert der Kollege dienstbeflissen.

Die Echse

Schon gestern hat sich Katharina Becker auf einen Samstagvormittag gefreut, an dem sie nichts weiter zu tun braucht als Ausschlafen, Kaffee trinken und Zeitung lesen. Am Nachmittag sollen dann zusammen mit Kurt die Vorbereitungen für die Geburtstagsparty beginnen. Dafür hatte sie schon am Vorabend die zwei Kochbücher, die sie besaß, aus verstaubten Kisten im Keller hervor gekramt. Sie wollte zügig für die Rezepte und die Einkäufe vorbereitet sein. Kochen nach Rezept, also das Zubereiten von Gerichten, die einen Namen trugen wie etwa *Königsberger Klopse, Forelle Müllerinnen Art* und anderes, das war nicht ihre Stärke. Kochen nach Plan, Kochshows und kollektive Grillpartys; den ganzen Hype um die Kocherei konnte sie einfach nicht verstehen. Sie erinnerte sich an den Vorabend, als im Radio die anscheinend so wichtige Frage diskutiert wurde, welcher Reis nicht nur gut, sondern perfekt zu Currygeschnetzeltem passt. Sprachlos hatte sie den Kopf geschüttelt und die Frequenz gewechselt.

Doch heute wollte sie nach Rezept kochen, für Ole Sörensen würde sie es tun. Nach langem Blättern und Zögern ist sie bei Coq-au-vin gelandet. Sie hat einmal gehört, dass man die Henne einfach nur lange genug garen muss, dann könne man nichts falsch machen. In Anbetracht ihrer Erfahrungen klang das also vernünftig. Zudem scheint ihr Kollege Coq-au-vin zu schmecken, oder hätte er das sonst an ihrem ersten gemeinsamen Abend zubereitet? Alle diese Überlegungen hatten ihren Freitagabend gefüllt und sie in Vorfreude auf einen geruhsamen Einstieg in das wohlverdiente Wochenende selig einschlafen lassen.

Doch soeben hatte Ole angerufen. Die dringend Tatverdächtige Helene Rosenkranz ist auf Amrum aufgegriffen worden. Schon bald sollten sie zur Vernehmung auf dem Revier sein.

Katharina will ihre Ruhe. Eine graue Kälte schimmert durch die Vorhänge hindurch, ihr fröstelt. Sie kriecht noch einmal unter die warme Decke und tut, als ob sie von ihrer Zusage, in einer halben Stunde bereit zu sein, nichts mehr wüsste. Doch sogleich holt sie ihr Pflichtbewusstsein ein; es lässt sie aus dem Bett steigen, sich strecken, duschen und anziehen. Sie beeilt sich, denn so wird die Zeit noch reichen, um ihren Kollegen mit einem Kaffee zu erfreuen.

Es klingelt an der Tür. Ole Sörensen begrüßt seine Kollegin mit einer leichten Umarmung, zieht den Kaffeeduft genießerisch in die Nase und steuert seine Schritte direkt in die Küche. Seine Dynamik am frühen Morgen ist verblüffend. Katharina schmunzelt. Ole hat sich heute besonders ausgewählt gekleidet. Hemd, Jacke und Strümpfe haben exakt dieselbe Farbe. Die delikate Wahl scheint ein Ausgleich für die ästhetische Entgleisung des Vortages zu sein.

„Jetzt nageln wir sie fest", erwägt Katharina, als sie im Auto in Richtung Präsidium unterwegs sind.

„Katharina, Katharina", erwidert Ole gelassen und trällert fröhlich die Melodien im Radio mit.

„Nein wirklich, Ole", legt sie nach. „Diese seltsame Beziehung zu ihrer Mutter, der Kontakt mit *Dignitas*, der Trip nach Amrum." Katharina will mit dem Arbeiten beginnen. Heute will sie Helene Rosenkranz überführen.

„Katharina, Valentina", flötet Ole im Rhythmus der Musik, schaut gelassen aus dem Fenster und lenkt den Wagen souverän durch den Schneeregen.

Katharina Becker gibt auf. Sie gönnt ihrem Kollegen die vergnügte Laune. Am liebsten würde sie ihm auf der Stelle herzlich zum Geburtstag gratulieren. Doch das würde ihre und Kurts Pläne verraten und so blieb ihr nicht mehr, als ihren Blick in den Schneeregen zu richten, auf die intuitiv gute Zusammenarbeit beim Verhör zu vertrauen und die gute Laune mit Ole zu teilen.

Als sie im Revier angekommen, hat Helene bereits im Verhörraum Platz genommen. Die Kommissare betreten den Raum, Ole setzt sich der Verdächtigen gegenüber.

Nach der Regelung der Formalitäten eröffnet Ole das Verhör:

„Frau Rosenkranz, es freut uns zu sehen, dass Sie wohlauf sind. Sie können wahrscheinlich verstehen, dass wir etwas irritiert über ihr plötzliches Verschwinden waren. Die Tatsache, dass Sie sich weiteren Gesprächen entzogen haben, wirkt sich nicht gerade entlastend auf den Verdacht Ihnen gegenüber aus."

Helene Rosenkranz streift den Ärmel ihres schwarzen Shirts nach oben und gibt den Blick auf eine Echse frei, die sich dunkel über ihren Oberarm legt. Sie hat sich nach dem ungemütlichen Wecken durch die Steifenpolizei scheinbar gut gefangen, denn sie schaut dem Kommissar fest in die Augen.

„Was wollen Sie?", fragt die Verdächtige.

„Sagen Sie uns, was passiert ist", fordert Ole Sörensen sie auf.

Helene Rosenkranz stützt ihre Ellenbogen auf den Tisch.

„Meine Mutter war eine schreckliche Frau. Sie war eitel, ständig unzufrieden. Nicht nur mit sich selbst, sondern auch mit den anderen Leuten. Was meinen Sie, warum es die Typen nie länger mit ihr ausgehalten haben? Die ständigen Nörgeleien, das sucht sich auf Dauer doch niemand aus. Das lässt sich niemand gefallen. Doch ich bin ihre Tochter, ich war ihre Tochter. Ich habe sie mir nicht aussuchen können, aus der Tochter-Nummer da kommt man nicht raus. Mutter bleibt Mutter, Tochter bleibt Tochter. Alles, was sie nicht geschafft hat, das sollte mir gelingen. Die guten Noten, das adrette Aussehen, der Jungenschwarm der Schule sollte ich sein und Karriere machen. Als ich klein war, gab sie den Takt meines Lebens vor. Ich war ihr kleines Dressurpferd, an dem sie ihre Eitelkeiten abarbeitete. Nur mit Druck und Zwängen, da hat dann natürlich nichts geklappt: Die Klausuren habe ich vermasselt, meine Noten waren mies. Es reichte nur für den Einzelhandel. Für mich okay, für meine Mutter ein Grund sich zu schämen. Und sehen Sie mich an, ich bin ein dürres Gestell und essgestört. Ich bin kein üppiges Püppchen mit wallendem langem Haar. Meine Strähnen hängen kurz ins Gesicht, meine Geschichte bedeckt meinen Körper in Piercings und Tätowierungen. Da können Sie sich sicher sein, meine Mutter hat sie gehasst. Und trotzdem, Mutter bleibt Mutter, Tochter bleibt Tochter. Und ich hatte ja nur sie, meinen Vater, den hab ich nie kennen gelernt."

Ole Sörensen nickt ihr verständnisvoll zu.

„Und trotzdem, sie hat mich geliebt, auf ihre Weise, und ich sie auch. Wie oft wollte ich ausbrechen, wie oft bin ich weggelaufen, doch ich kam immer wieder zurück. Ich hab es einfach nicht geschafft, von ihr und unserem Zuhause los zu kommen. Irgendwann hat es dann auch funktioniert. Und dann so etwas – mit gut vierzig als sabbernde Greisin im Altenheim. Meine Mutter, mit deren Eitelkeiten man hätte Berge hätte versetzen können. So zu leben, das hätte sie nicht gewollt, da bin ich mir sicher. Die Tänzerin aus dem Schwarzwald, so hat sie sich manchmal genannt. Dann ist sie verträumt und im Walzer durch die Wohnung gekreist und hat schmale Tränen für ihre versagten Träume geweint.“

Ole Sörensen gibt ihr seine uneingeschränkte Aufmerksamkeit zu verstehen.

„Klar habe ich mich gefragt, ob es für sie nicht besser wäre zu sterben. Wir oft ist bei meinen Besuchen scharfer Groll aus ihren Augen gestochen, hilflos und einsam. Vorwürfe sprangen mir entgegen und wie oft kamen die Vorwürfe von Mutter in schrecklichen Alpträumen wieder. Sie können sich wohl kaum vorstellen, wie elend das ist. Aber umgebracht? Nein, das habe ich meine Mutter nicht.“

Katharina Becker kommt aus der Ecke des Raumes der Verdächtigen entgegen.

„Frau Rosenkranz, wir wissen, dass Sie Kontakt mit *Dignitas* in der Schweiz aufgenommen haben."

„Ach, hat der dämliche Landarzt mich verpfiffen? Wissen Sie, junge Frau, ich sage es noch einmal, dass auch Sie kapieren, was Sie bisher nicht zu verstehen bereit waren. So zu leben, das hätte meine Mutter nicht gewollt. Da bin ich sicher. Ja, ich habe Kontakt in die Schweiz gesucht, doch der Tod meiner Mutter hat mit denen nichts zu tun."

„Ach", erwiderte die Kommissarin überrascht.

„Ich wusste die ganzen Jahre, dass ich nichts machen kann, um den Tod meiner Mutter zu beschleunigen. Und, wissen Sie, sie hatte auch gute Momente. Die alten Schinken der siebziger und achtziger Jahre brachten ein Lächeln auf ihr Gesicht. Sie sah dann glücklich aus. Manchmal, so erzählten die Pfleger, hatte sie eine Träne in den Augen, nachdem ich sie besucht habe. Sie war nicht nur schrecklich, ihr Leben war nicht nur schrecklich, wissen Sie."

„Sie geben also zu, Kontakt mit einer Sterbehilfe-Organisation aufgenommen zu haben. Sie geben auch zu, dass Sie einen tiefen Groll auf ihre Mutter hegten und ihr Verhältnis nicht immer, aber häufig sehr gespannt war."

Katharina Becker resümiert weiter:

„Sie haben sich zudem den Ermittlungen der Polizei entzogen. Wahrscheinlich wussten Sie schon, dass ihre Freundin ihr Alibi nicht bestätigt hat. Sie kann und möchte über den genauen Zeitpunkt, wann Sie eingetroffen sind, keine Aussage machen. Sie sagt, es könnte auch schon vier gewesen sein, als Sie dort eintrafen. Sie habe zwischen den Ausräumarbeiten nach dem Sturm, den Schulaufgaben der Kinder und dem Ausflug nicht auf die genaue Uhrzeit geschaut."

Helene Rosenkranz schaut auf. „Die dumme Schnalle", fährt es ihr aus dem Mund.

„Wir haben Glück gehabt, Sie zu finden. Hätten in der letzten Nacht nicht einige Jugendliche Schaufenster verwüstet, hätte die Streife Sie nicht gefunden. Warum sind Sie abgehauen, Frau Rosenkranz?"

„Den Kopf wollte ich frei kriegen, das geht auf Amrum", erwidert die Verdächtige.

„Hm", sagt Katharina Becker.

„Frau Rosenkranz, Sie können vorläufig gehen. Sie sind aber dringend aufgefordert, sich uns zur weiteren Verfügung bereit zu stellen", sagt Ole Sörensen.

Die junge Frau verlässt den Verhörraum. Ole Sörensen und Katharina Becker kreuzen den Gang und kochen Kaffee in ihrem Büro. Da sie nun schon hier sind, möchten sie den Vormittag für weitere Ermittlungsarbeiten nutzen.

# Ein rechtsmedizinisches Täterprofil

Katharina hatte die E-Mail gerade ausgedruckt und in Oles Postfach gelegt. Sie steckte sich, ihr Bürostuhl knarzte. Immer, wenn der Stuhl knarzte, war Katharina froh, dass sie nicht jeden Tag acht Stunden in einem Büro hocken musste. Sie vergegenwärtigte sich noch einmal, was sie gerade gelesen hatte.

Aus den Spuren an der Bettwäsche und den Spuren am abgebrochenen Zahn ließen sich mehrere Aussagen treffen. Außer den Sekreten von Anna Rosenkranz gab es Blutspuren der Blutgruppe B positiv. Anna hatte die Blutgruppe 0 positiv. Damit war zumindest geklärt, dass nicht alleine Körperflüssigkeiten der Toten vorhanden waren.

Da die Wäsche schon viele Stunden in einem Wäschesack gelagert worden war, konnte die Gerichtsmedizin keine sicheren Aussagen über weitere Zuordnungen von Körperflüssigkeiten machen. Zusammen mit dem Obduktionsbericht war jetzt aber sicher, dass Frau Anna Rosenkranz keines natürlichen Todes gestorben war.

Ole erschien mit dem Ausdruck der Mail aus seinem Postfach. „Mord oder Totschlag, auf alle Fälle hat da jemand Annas Tod nachgeholfen. Wie kommen wir da bloß weiter? Wir werden uns mal hübsch hinsetzen und die Fakten ordnen."

Katharina ließ sich nicht anmerken, dass ihr die Zeit für die Vorbereitung der Party knapp wurde. Sie befürchtete, dass Ole sich sogleich an die Arbeit machen wollte. Er wird doch nicht die Verabredung zum Shopping vergessen? Im Stillen hatte sie sich bei der Vorstellung, wie die zwei eitlen Gockel durch Husum stolzierten und sich in Sachen Mode durch die Herrenabteilung des Kaufhauses CI Schmidt vorarbeiteten, amüsiert. Nach einem Besuch des ortsansässigen Herrenausstatters würden sie sicherlich im Tine-Café ihren Trip bei einem Grog und einer Zigarre beschließen. Zuvor war, das erzählte Ole immer wieder gern, ein Besuch des Humidors des Tabakhändlers erfolgt, bei dem die Auswahl wieder auf eine Maria Mancini fallen würde, an der schon Thomas Mann seine Freude gehabt hatte. Dabei handelt es sich nach Oles Einschätzung um eine mittelvolle und sehr würzige Komposition, die sehr leicht auf der Zunge zu ertragen ist. Thomas Mann soll einmal gesagt haben, sie habe es gern, wenn man ihr lange die Asche lasse. Er streifte höchstens zweimal ab. Natürlich habe sie ihre kleinen Launen, aber die Kontrolle bei der Herstellung müsse besonders genau sein, denn Maria Mancini sei sehr zuverlässig in ihren Eigenschaften und lufte vollkommen gleichmäßig.

Nein, Katharina sah die beiden an einer Glühweinbude stehen. Wahrscheinlich würden sich die Herren dort fürchterlich betrinken und im Anschluss daran mit ihren Einkaufstüten nach Hause stolpern. Anstelle des stilvollen Zigarrengenusses würden dann eher selbstgedrehte Zigaretten der Sorte Schwarzer Krauser treten, die mit zunehmendem Alkohol im Blut zunehmend unsauber gefertigt würden.

„Ole, willst du nicht bald losgehen? Du bist doch heute Nachmittag mit Detlef verabredet."

Ole schaut erstaunt auf. „Ach wirklich, ich wusste überhaupt nicht, dass ich dir – "

„Viel Spaß euch beim Shopping!" rief die Kollegin und entfernte sich aus dem gemeinsamen Büro. Gekonnt hatte sie diesen Männerausflug für heute eingefädelt. Um dreizehn Uhr wollten die beiden Herren sich treffen.

 # Die Party

Zur gleichen Zeit traf sich Katharina mit Kurt Sörensen in Oles Wohnung. Sie hatte schon viele Feste organisiert, meist in dunklen Kellern mit ausreichend Bier, Chips und lauter Musik. Doch mit einem Opa und für einen mehr oder minder eitlen Kerl, so dachte sie, habe ich noch nie eine Party gemacht. Sie war skeptisch. Am Vortag hatten sie vereinbart, dass jeder etwas mitbringt. Katharina war sodann in den Supermarkt gegangen und hatte die Henne, Wein, Chips und andere Zutaten für den Coq-au-vin besorgt.

Als sie Oles Wohnung betrat, saß Kurt hinter einem Berg Einkäufe am Wohnzimmertisch und hatte offensichtlich bereits auf das Eintreffen der jungen Frau gewartet.

„Liebe Katharina, was für eine Freude!" Er ging auf Katharina zu und begrüßte sie mit gehauchten Küsschen auf die rechte und die linke Wange.

„Kurt, freut mich, dich zu sehen." Katharina hievt den Korb auf den Tisch und nimmt Platz. Die folgenden Minuten wurden von Kurt mit Belanglosigkeiten über das Wetter und die Nachbarn gefüllt.

„Kurt, sag' mal, sollen wir nicht langsam starten? Schließlich sind wir nicht zum Plaudern gekommen."

„Ach ja, liebe Katharina, das ist eine gute Idee." Die beiden schauen sich erwartungsvoll an.

„Ja, wie machen wir das jetzt?" Kurt Sörensen blickt etwas betreten über den Tisch.

„Ja, ich dachte, du sagst wo's lang geht", entgegnet Katharina.

Kurt Sörensen brummt etwas vor sich hin und gibt betreten von sich:

„Ich glaube, ich bin dir eine Erklärung schuldig. Die letzte Feier, die ich organisiert habe, war der fünfte Geburtstag von Ole. Wie wir das heute hinkriegen, das kann ich dir nicht sagen. Ich habe da, ehrlich gesagt, auf dich gesetzt."

Beide sitzen sich unbeholfen gegenüber. Plötzlich fängt Katharina lauthals an zu lachen.

„Na das ist ja wunderbar!" Katharina schüttelt ihr rotes Haar. „Da haben sich ja zwei Profis gefunden, das einzige, was wir können, ist Bier zapfen und Luftschlangen pusten. Besser geht's nicht."

Die junge Frau kann nicht aufhören, schallend die Unbeholfenheit der beiden zu belachen. Tränen kullern ihr unter den Brillengläsern hervor. Kurt Sörensen steigt ein.

„Na, dann baden wir Luftschlangen im Bier, rühren einmal kräftig um, lassen es fünf Minu-

ten aufkochen und servieren es dem Geburtstagskind als Soufflé des Hauses."

Das Lachen von Kurt Sörensen ist wohl im
ganzen Haus zu hören.

„Und alles andere lassen wir einfach stehen,
Buffet." Katharina trocknet sich die Tränen.
Auch Kurt fängt sich wieder ein.

„Dann wird das wohl Kindergeburtstag mit
Bier. Alles andere, was wir sonst noch hinkriegen, soll uns auch recht sein", gibt Kurt von
sich und zieht dabei den Korken der ersten Flasche Chianti Classico.

„Auf die beste Feier des Jahres!" Kurt prostet
Katharina zu.

„Ja, auf die schrägste Party ever", gibt sie zur
Antwort.

Nachdem der zu erwartende kulinarische An-
spruch geklärt war, begannen Kurt und Katharina mit Eifer und beschwipster Leichtigkeit die
Feier vorzubereiten. Kurt verhalf der Henne zu
einer ordentlichen Portion Wein, einem aben-
teuerlichen Gemisch von Kräutern und einem
Nachmittag Garzeit. Katharina entdeckte unter
den Einkäufen vom Feinkostladen tatsächlich
eine Unmenge Konfetti, Girlanden und Tröten.
An Bier hatte niemand gedacht. Doch die bunten Girlanden und Schlangen fanden in jeder
Ecke ein nettes Plätzchen und während Kurt
sich alle Mühe gab, den Tisch stilvoll zu decken – drei Gabeln und Teller pro Gast könnten

nicht schaden, dachte er – schmückte sie alle Lampen und Pflanzen. Schon als Kind hatte ihr das Lametta am Weihnachtsbaum am besten gefallen. Buntes Konfetti zierte dann den Weg von der Eingangstür bis zum Essenstisch.

„Was ist denn mit den Büchsen und Gläsern, die du da gekauft hast?" Kurt hatte im Feinkostladen für ein kleines Vermögen Antipasti erstanden.

„Ach, pack' die doch auf einen Teller, dann kann man sie besser essen. Ole mag doch Pyramiden. Kriegst du das hin?"

Katharina gab sich alle Mühe. Zur Abendessenszeit beendeten sie wohlgelaunt die Vorbereitungen.

Pünktlich kam Ole Sörensen von der Einkaufstour zurück. Entsetzt betrit er den Flur, das Wohnzimmer, die Küche. „Was zum Teufel – "

„Happy birthday to you, happy birthday to you, happy *birthday* …", Kurt und Katharina trällerten ein Geburtstagsständchen. Dabei ließen sie kräftig Konfetti auf das Geburtstagskind herunter regnen.

Ole nahm einen zweiten Anlauf. „Seid ihr von allen guten Geistern – "

„Ole, alles Gute zu deinem Geburtstag." Herzhaft nimmt Kurt seinen Sohn in den Arm. „Du alter Griesgram, wir dachten, wir machen dir mal eine Freude."

„Vater, du weißt ganz genau, dass ich Geburtstagsfeste nicht ausstehen kann!", antwortet Ole.

„Ach komm schon, jetzt fangen doch neue Zeiten an! Und schau mal, wie wundervoll Katharina deine Wohnung geschmückt hat."

Oles Blick durchstreift die Wohnung und erreicht Katharina Becker. Der mit warmem Kerzenschein erleuchtete und mit Konfetti verwüstete Raum, Katharina mit Tröte im Mund und erröteten Wangen, sein Vater in bester Laune und dekoriert mit einem Hütchen auf dem Kopf, all das zauberte in diesem Augenblick ein leichtes Kribbeln in seiner Kehle. Langsam breitete es sich zu einem Lachen aus, das den Ärger vertrieb. Heiterkeit erfüllte sein Gemüt und sogleich atmeten auch Kurt und Katharina auf und nahmen ihre fröhliche Feierlaune wieder auf.

„Und nun zum Wohl auf den besten Sohn der Welt!" Kurt ließ die Champagnerflasche knallen. Katharina ging auf ihren Kollegen zu und umarmte ihn herzlich. Er scheint ein neues Parfum erstanden zu haben.

„Lieber Ole, mein Sohn", verkündete Kurt. „Und als besondere Überraschung habe ich hier noch eine Kleinigkeit für dich." Kurt reichte Ole ein Kuvert.

„Wir brauchen endlich mal wieder Urlaub, deshalb habe ich gebucht. Eine Kreuzfahrt auf dem Nil. Ich und du und Katharina. Na, was sagst du dazu?"

Sprachlos hält Ole das Kuvert in der Hand. „Das ist ja – "

Katharina schaut ihn mit großen Augen von der Seite an.

„Und jetzt, zu Tisch!"

Es wird ein fröhlicher Abend. Als Kurt nach dem Dessert seine Lebensgeschichten von den Theaterbühnen der Welt ansetzt, zwinkert Ole seiner Kollegin zu. Er steht auf und kommt etwas taumelnd mit dem Diktaphon zurück, das noch vom Verhör in seiner Jackentasche steckte.

„Vater, halt. Die Geschichten dürfen doch nicht einfach in Schall und Rauch verpuffen. Hier, nimm' alles auf, dann können wir die Geschichten später als Buch raus bringen. Das wäre doch großartig!"

Sein Vater schaut interessiert und nickt nachdenklich.

„Nun, für die Aufnahme muss es aber still sein. Weißt du was? Katharina und ich, wir lassen dich in Ruhe dein erstes Kapitel aufsprechen, wir sind in der Küche und auf dem Balkon. Komm doch rüber, wenn du deine ersten zehn Geschichten gesprochen hast."

Kurt hatte angebissen. Die Vorstellung, an einem, an seinem, Roman im Buchhandel vorbei zu schlendern, ließ ihn gierig zum Diktaphon greifen. Er holte Luft.

„Es war anno neunzehnhundertdreiundsiebzig, als ich das erste Mal zum Vorsprechen …", eröffnete Kurt seinen Text.

Ole und Katharina schlossen leise die Tür.

„Sollen wir erstmal eine rauchen?", fragte Katharina.

„Oh bitte, ja. Nach dem Festschmaus kann ich auch noch einen Grappa vertragen."

Schweigend gingen sie auf den Balkon und sogen die kühle Luft der Herbstnacht ein.

„Katharina", sagte Ole sehr ernsthaft, „kann ich dich mal was fragen?"

„Klar, schieß los!"

„Wir kreisen die ganze Zeit um Menschen und indirekt auch um Sterbehilfe. Wie denkst du eigentlich? Ich will ehrlich sein, ich bin dafür und am Ende war es wohl doch eine Erlösung für Anna Rosenkranz, oder?"

„Ole, ich habe keine Antwort auf deine Frage. Ich kann verstehen, wie man dazu kommt, Sterbehilfe gut zu finden. Ist doch klar, dass man bei seinen Eltern oder so ins Grübeln kommt. Wenn alle überfordert sind. Aber gesellschaftlich? Ich bin überzeugt, dass wir kein Recht haben, das zu machen. Und ich bin nicht besonders religiös. Ich habe Angst, da bricht ein Damm. Angst, dass die Grenze verschwimmt; zwischen dem, was wir tun können und dem, was wir nicht tun dürfen. Das haben wir schon mal gehabt in Deutschland."

„Wenn man nun aber furchtbar leiden muss, Katharina, und das eigentlich nicht will? Ich glaube, ich würde mich dafür entscheiden –"

„Schluss jetzt mit der Melancholie. Jetzt gibt's eine Runde Grappa und dann einen zweiten Gang über das Büffet."

Eilig öffnet sie die Balkontür und sie flüchten in die Wärme der Küche.

Sonntag bei Ole

Ole Sörensen wacht von einem heftigen Klopfen auf, das aus der Schädeldecke nach außen pocht. Die Schläfen ziehen, als hätte sie jemand an einen Bogen gespannt. Langsam öffnet er die Augen und blinzelt den grauen Wolken entgegen, die den Himmel zieren. Aus dem Radiowecker plärrt Bob Dylan.

There are many here among us, who are feeling life was but a joke.

But you and I we've been through that, said the joker to the thief.

Ja, gestern hatte er Geburtstag.

Er richtet sich auf. Seine Finger streichen über die Satinbezüge, die den grauen Ton der Wolken erwidern. Mit dem Blick streift er durch sein Schlafzimmer. Ole Sörensen weiß genau, dass er genau fünf Minuten braucht, um seinen Verstand und seine Sinne zu sammeln, dass er sodann in die Küche gehen und mit seiner Nespresso-Maschine einen schnellen Kaffee brühen wird, um nach einer kalten Dusche und einer Aspirin vergnüglich den Tag zu verbringen. Durch einen übermäßigen Genuss von Alkohol hatte er sich niemals niederstrecken lassen. Schon immer hat seine Fitness ihm zu guten Tagen, auch nach ausgeschweiften Gelagen, verholfen. Außer damals, als sein Partner verunglückt und Silke ihn verlassen hatte. Aber das war etwas anderes, denn damals hatte er mit dem Trinken überhaupt nicht mehr aufgehört.

Zufrieden steht er unter der Dusche, merkt, wie der Kaffee auch noch die letzten Sinne weckt und das Aspirin seinen Kopf aufräumt. Genüsslich zelebriert er das kleine Programm sonntäglicher Körperpflege, das bei Ole Sörensen nur in seltenen Ausnahmen ausfällt.

Er geht zurück in die Küche und brüht einen zweiten Kaffee. Sein Blick fängt das schmutzige Geschirr, den verheerenden Wohnungsschmuck und das Kuvert auf dem Küchentisch ein. Ole wischt das Konfetti von seinem Küchenstuhl, setzt sich an den Küchentisch, sodass er die ziehenden Wolken vor dem Fenster beobachten kann, und öffnet noch einmal den Umschlag. Mit Daumen und Zeigefinger holt er eines der Tickets hervor, das zu einer zweiwöchigen Ägyptenreise einlädt. Eine Woche Nilkreuzfahrt, eine Woche sonnen und schnorcheln am Roten Meer. Die Tickets können im kommenden Jahr beliebig eingelöst werden.

Ole Sörensen wundert sich. Sein Vater hatte sich tatsächlich Gedanken gemacht, was seinem Sohn gefällt. Er wusste, dass er von den Schätzen der Alten Ägypter nie genug bekommen wird. Plötzlich fühlt er sich etwas geschmeichelt. Früher waren die Geschenke von Kurt mehr Ausdruck der Wünsche seines Vaters als seiner eigenen. Anstelle einer Trekkingtour durch die Dolomiten bekam er eine Städtereise nach Salzburg. Finanzielle Beigaben für den Motorradführerschein hatte Kurt seit jeher boykottiert und lieber Gutscheine für die Musikschule großzügig vergeben. Womöglich fängt nun wirklich ein neuer Abschnitt in ihrem Zusammenleben an, dachte Ole. Der Strandurlaub in Hurgada erschien ihm seltsam, so auch die Tatsache, dass seine Kollegin Katharina dabei sein würde. Er mochte sie, doch wollte er am Strand sein Handtuch neben ihre Badematte legen, um sich den Schatten eines Sonnenschirms mit ihr zu teilen, zumal unter Observation seines Vaters? Sie ist immerhin seine Kollegin und –

Das Telefon klingelt und löst ihn aus seinen Gedanken.

„Alles Gute zu deinem Geburtstag", flötet Silke durch die Leitung. „Hast du schön gefeiert? Wie alt bist du eigentlich geworden? Ach ja, du bist ja fünfzehn Jahre älter als ich, also bist du jetzt sechsundvierzig. Oh je, das geht schon verdächtig auf die fünfzig zu. Und wie fühlt es sich an …"

Silke lacht und ist guter Laune. Schon früher hat sie die meiste Zeit geredet. Seine Rolle beschränkte sich fast immer auf ein zustimmendes „Mhm", auch dann, wenn er ihrem Gerede schon lange nicht mehr folgte. Ihre kommunikative Dominanz und seine Sparsamkeit mit Worten stellten seiner Ansicht nach eigentlich kein Problem dar. Sie holten ihn aber in dem Moment ein, als sie ihm bei der Trennung vorwarf, zu wenig Interesse an ihr und ihrer Beziehung zu zeigen. Das werde daran sichtbar, dass er niemals und zu nichts etwas zu sagen habe.

Heute gelang es ihm, ihre kommunikative Flut gelassen hinzunehmen. Er machte sich einen Espresso und als er die Ruhe seiner Wohnung aufsog, war er sogar ein wenig froh über die räumliche Distanz zwischen Husum und Berlin.

Silkes Berichte schwenkten nun zu den Erzählungen über die Zwillinge.

„Ach sag mal Silke, sind die beiden gerade da", unterbrach Ole fragend.

„Ja klar, Flori – "

Ole unterbricht das Rufen. „Nein, lass uns skypen, ich klingle in fünf Minuten bei euch an", sagt er bestimmend und legte den Telefonhörer auf. Wie angekündigt erklingt nach einigen Minuten das bekannte Tuten am Berliner Laptop, vor dem Florian und Sebastian schon aufgeregt kauern. Ihre Gesichter sind bis zu den Ohren mit Tomatensoße bekleckert und sie lecken sich vergnügt die Münder. Sie nehmen den Anruf vom – wie sie ihn nennen – Onkel Ole an.

„Häpi Börsdei, Onkel Ole", quakt Basti und schüttelt lachend die blonden Haare durch die dicken Spritzer Tomatensoße auf seiner Backe.

„Häpi Bösdei, Ole Ole Ole", trompetet Flori hinter seinem Bruder hervor, zieht sich die Ohren lang wie ein Elefant und verdreht die Augen. Beide lieben es, vor dem Monitor Quatsch zu machen, sich dabei anzusehen und zu merken, wie ihr Gegenüber sich amüsiert. Dann suchen sie aufgeregt mit den Augen die Kamera, ihr eigenes Bild und das Bild von Ole. Dieser amüsiert sich unendlich. Soeben haben sie angefangen, Tiger und Löwe zu spielen, zu brüllen, sich die Zähne zu fletschen und sich gegenseitig von der Bank zu stoßen. Ole merkt, dass es Zeit ist zu intervenieren.

„Sagt mal ihr zwei, was gibt es neues im Kindergarten?"

„Der Herr Kasper ist krank, wir haben jetzt die Frau Schiele", informiert Flori, noch ganz außer Puste.

„Und die macht viel bessere Sachen mit uns. Mit der dürfen wir schnitzen!"

„Die sagt, wir sind ein Waldkindergarten, da muss man schnitzen können."

„Und es ist gar nicht schlimm, wenn es regnet und wir nass werden."

„Und ein bisschen hab' ich mir in Finger geschnitten."

„Ich hab' ein Pflaster drauf gemacht."

„Nicht schlimm."

„Ja, ist schon wieder weg, guck mal", sagt Basti und streckt die Fingerkuppe seines Bruders in die Kamera.

„Und was habt ihr geschnitzt?" fragt Ole interessiert.

„Stöcke. Mit Spitzen zum Grillen wenn's warm wird."

„Dann gibt es bei euch ein Fest mit Lagerfeuer, Würstchen und Ketchup im Kindergarten? Das ist ja super!"

„Stockbrot. Ist vegarisch, ist besser", sagt Basti ernsthaft.

„Wer sagt denn das", möchte Ole wissen.

„Na die Frau Schiele, ist doch klar", gibt Flori empört wider.

Silke ist im Hintergrund zu hören. Sie ruft Flori und Basti zu, dass sie sich für den Ausflug anziehen sollen. „Und Handschule nicht vergessen. Die Mützen auch. Auf jetzt!"

Ole merkt, dass es Zeit geworden ist, das Gespräch zu beenden.

„Na, dann habt viel Spaß! Und das mit dem Würstchen, das überlegt euch nochmal. Die Hot-Dogs in Dänemark, die haben doch damals super geschmeckt, oder?"

„Jaaa" schallt es im Chor durch die Leitung.

„Dann lasst uns da bald mal wieder hin fahren, Jungs."

„Jaaa", rufen sie, während sie ihre Mützen über die Ohren ziehen.

„Gut, dann rede ich mit eurer Mutter darüber. Viel Spaß, tschüss!"

„Tschüss, Onkel Ole", ruft Basti, schneidet eine Grimasse und springt zur Tür.

„Schüss Ole", ruft Flori. Er wischt sich gerade die letzten Tomatenreste an der Winterjacke ab, als er auf den Butten Beenden drückt und die beiden Jungs vom Bildschirm verschwinden.

Ole Sörensen atmet aus und merkt, wie sehr die Zwillinge ihm fehlen. Mit ihren blonden Schöpfen kaum voneinander zu trennen, haben sie mit ihren frechen Späßen immer viel Freude in sein Leben gebracht. Auch gab es anstrengende Tage, aber die erscheinen ihm, wie so oft, wenn man auf frühere Zeiten zurück blickt, nur selten vorgekommen zu sein.

 # Eine unscheinbare
Entzündung

Jochen sitzt in seiner Hütte und sieht aus dem
Fenster. Es ist acht Uhr am Vormittag und der
Regen prasselt ohne Unterlass auf das Dach.
Das Feuer im Ofen wärmt den Raum, doch die
Glieder und Gelenke sind feucht und klamm.
Im Raum riecht es nach verbrennendem Holz,
Salbei-Tee und verspakter Wäsche. Der Regen
mischt sich langsam mit Schneeflocken, die
klebrig und zäh in die Sturzbäche aus Wasser fal-
len und dort zerplatzen. Jochen stopft sich seine
Pfeife. Seit Jugendtagen liebt er es, ein paar Mal
im Jahr eine gute Portion Plumcake zu rauchen.
Der Tabak ist ein Blend aus Virginia Tabaken,
Burleys und Cavendish, abgerundet durch die
Zugabe von Jamaika Rum. Erinnerungen an sei-
ne Jugendzeit und die Lektüre des Herrn der
Ringe erscheinen vor Jochens innerem Auge.
Ob so der alte Toby geschmeckt hat, den Gan-
dalf und Bilbo an ihrem letzten gemeinsamen
Abend im Auenland geraucht haben? Wer will
das wissen? Jochen blickt auf die wunderbare
Maserung seiner Churchwarden und denkt an
Abschiede, ein wiederkehrendes Thema in Tol-
kiens Epos. Wie so oft fällt ihm ein bestimmtes
Zitat von Gandalf ein. „Viele, die leben, verdie-

nen den Tod. Und manche, die sterben, verdienen das Leben. Kannst du es ihnen geben? Dann sei auch nicht so rasch mit dem Todesurteil!"

Jochen betrachtet seine Hand, über die sich eine Wunde zieht. Sie hat sich entzündet. Es ist eine Bisswunde, die tief zwischen Daumen und Zeigefinger eingedrungen ist. Nachdem er das Pflaster abgenommen hat, sieht er auf die eitrige Oberfläche. Die Wunde verströmt einen fauligen Geruch. Jochen bemerkt das Tuckern und Pochen im Inneren. Er nimmt sich die Kiste mit den Medikamenten aus dem grob gezimmerten Regal und kramt nach der Schachtel mit den Antibiotika. Ein Cephalosporin sollte helfen. Seine Erfahrungen mit Medikamenten waren begrenzt, aber einige bescheidene Kenntnisse hatten sich im Laufe des Lebens angehauft. Er dachte darüber nach, ob nicht auch dieses Erfahrungswissen in vielen Fällen ausreichen würde, um Erkrankungen sinnvoll zu behandeln. Auch das war merkwürdig in seinem Heimatland. Dort gab es aus seiner Sicht schon bei banalen Anlässen Besuche beim Arzt. Das trieb die Kosten ins Unermessliche.

Jochen nahm eine Tablette ein und schob den Karton zurück in das Regal. Ioanna erneuerte den Verband.

„Ich hatte dir schon gesagt, dass sich die Wunde entzünden wird. Du hättest früher mit der Behandlung beginnen sollen."

Jochen zuckte mit den Schultern.

Besprechung Montag früh

„So, nun nochmal von vorne". Ole nimmt den Faden vergangener Gespräche auf.

„Anna Rosenkranz erleidet am 17. November einen Schlaganfall. Vier Tage später, am 21. November, ist sie tot. Sie ist keines natürlichen Todes gestorben, jemand hat sie erstickt. Der Täter oder die Täterin ist dabei so geschickt vorgegangen, dass der Mord zunächst nur durch Zufall entdeckt wurde. Bedacht war er aber nicht."

„Ja", fährt Katharina fort. „Er war nachlässig und hat Spuren hinterlassen. Warum? Entweder er war sich sehr sicher, dass Frau Rosenkranz ohne weitere Komplikationen selig beerdigt würde oder es war eine Handlung im Affekt und der Täter ist angesichts seiner Handlung erschrocken und übereilt geflohen. Hätte die Putzfrau das Zimmer nicht derart gründlich gereinigt, hätten wir ihn schon längst überführt."

Ole Sörensen schenkt Kaffee nach und erwidert:

„Nun noch einmal zu den Alibis und zum Hergang der Ereignisse. Die Rechtsmedizin sagt, dass Frau Rosenkranz zwischen viertel vor vier und vier Uhr gestorben ist. Um sechzehn Uhr fünfzehn überbringt Juliane Schiller die Nachricht des Todes von Frau Rosenkranz. Was ist davor geschehen?" Er macht eine kurze Pause.

„Wir haben mehrere Tatverdächtige: die Tochter Helene Rosenkranz, vom Personal die Pfleger Christian Schulz und Ove Hendriksson, Juliane Schiller und Kristina Persson und die Herren Krüger und Jessen. Sie alle waren während oder mindestens kurz vor der Tat vor Ort."

„Und dieser Jochen, von dem sie immer wieder erzählen", ergänzt Katharina. „Das restliche Personal und die anderen Bewohner scheiden aus."

„Von halb drei bis drei Uhr wird Frau Rosenkranz von Kristina Persson behandelt. Direkt im Anschluss ist das Fallgespräch, bei dem Helene Rosenkranz, Christian Schulz, Heimleiter Krüger, Juliane Schiller und der Jessen anwesend sind. Sie enden pünktlich um halb vier. Was passiert dann?" Ole Sörensen reibt sich die Schläfen.

„Den Krüger, den können wir streichen. Die Mitarbeiterin, die das Gesprächsprotokoll verfasst hat, konnte sein Alibi bestätigen. Die Salve an Vorwürfen würde sie so schnell nicht vergessen, hat sie gesagt, und da durch die Korrekturen des Heimleiters einige Änderungen anstanden obwohl sie um vier eigentlich Feierabend gehabt hätte, könnte sie sich sehr gut an die Uhrzeit erinnern. Der Krüger hat für die ganze fragliche Zeit ein hieb- und stichfestes Alibi" sagt Katharina.

„Leider", ergänzt der Kommissar. „Aber nochmal zurück: Was geschieht nach der Fallbesprechung? Wir wissen, dass Juliane Schiller bei Frau Rosenkranz war. Doch was ist mit den anderen? Was ist mit dem mysteriösen Mann, den die Schiller gesehen haben will? Entweder sie hat sich um Kopf und Kragen geredet, oder es war wirklich noch einmal ein Mann bei Frau Rosenkranz."

„Jochen Walter", sagt Katharina leise vor sich hin. „Wir müssen diesen Jochen prüfen."

„Und Christian Schulz", sagt Ole Sörensen. „Auch er hat kein eindeutiges Alibi."

„Oder Helene Rosenkranz ist der Mann, den die Schiller gesehen haben will. Mit ihrer schlanken Figur, könnte sie von weitem auch als Mann durchgehen."

„Wie gesagt, Ove Hendriksson hätte genau die beschriebene körperliche Statur. Doch es stellt sich die Frage, ob die Geschichte ein gekonnter Rachefeldzug von Juliane Schiller ist", entgegnet Ole Sörensen.

„Und letztlich ist zu hinterfragen, welches Motiv hinter der Tat steckt. Außer bei Helene", sagt die Kommissarin und zögert für einen Moment „sehe ich keine Motive. Aber bei Helene als Täterin zweifle ich."

„Aha, das sind ja ganz neue Töne", kommentiert der Kommissar.

„Lange Zeit dachte ich, dass sie ihre Aggressionen nicht immer unter Kontrolle hat, dass die Verachtung für ihre Mutter manchmal die Überhand gewinnt. Doch seit dem letzten Gespräch glaube ich, dass sie für solch eine Tat schon zu viel nachgedacht hat, über sich und ihre Mutter. Doch wer hat sonst ein Motiv, eine pflegebedürftige und noch junge Frau im Heim zu töten?"

Eine E-Mail aus der Rechtsmedizin

Professor Schmidtmann-Schubert möchte mit dem Fall Rosenkranz fertig werden. Er setzt sich an sein Mac-Book, klappt das silberne Gehäuse auf und klickt auf das Symbol seines Mailprogramms. Der Rechner öffnet das Programm und Schmidtmann-Schubert tippt die Adresse *OK-@Kripo-Husum.com* in die Adresszeile ein. Dann greift er in die Schreibtischschublade und öffnet eine neue Dose Plumcake Pfeifentabak. Der schwere Tabak ersetzt zuweilen den Navy-Flake und sorgt mit seiner Mischung aus Tabaken mit einem Schluss Jamaica Rum für geschmackliche Abwechslung auf der professoralen Zunge. Er stopft sorgfältig seine Lieblingspfeife der Firma Peterson und setzt genüsslich den Tabak in Brand. Die Peterson qualmt zuverlässig und der Professor suckelt an seiner besten Freundin. Dann beginnt er, die E-mail zu schreiben.

„Liebe Frau Becker, lieber Herr Sörensen. Ich möchte Ihnen meine Überlegungen zu dem Mordfall Anna Rosenkranz zusammenfassen. Aus meiner Sicht haben wir es eindeutig mit einem Mord zu tun. Das Sektionsergebnis ist da eindeutig. Mit den nachgelieferten Indizien tue ich mich etwas schwerer, da die Spuren eben nicht mehr ganz frisch zu mir gelangt sind."

Schmidtmann-Schubert überlegt, wie er weiter schreiben kann und kocht sich zunächst einen Tee. Für ihn ist Tee nicht gleich Tee. Hier an seinem Arbeitsplatz in der Rechtsmedizin bevorzugt er den Earl Grey von Ahmad, da der mit seiner starken Note von Bergamottöl die scheußlichen Gerüche aus den anderen Räumen etwas übertönt. Naja, manchmal auch nicht, aber immerhin kann man sich auch dieser Illusion hingeben, wenn es im Sommer mit den Gerüchen in der Abteilung zu stark wird.

„Fest steht, dass in den Spuren der Bettwäsche von Frau Rosenkranz und an dem Zahnfragment Spuren der Blutgruppe B und das genetische Geschlecht männlich nachgewiesen werden können. Wenn wir davon ausgehen, dass diese Spuren tatsächlich vom mutmaßlichen Mörder stammen, könnte der Kreis der Verdächtigen erheblich eingeschränkt werden. Ich empfehle Ihnen, bei allen verdächtigen Männern die Blutgruppe zu bestimmen, wahrscheinlich haben Sie dann Ihren Täter schon fast überführt."

Der Professor drückt auf das Symbol für versenden.

Bilder

 # Apoplex

Es ist Dienstag. Nach dem Aufstehen spürte Kurt Sörensen einen leichten Anflug von Schwindel. Nach der Flasche Wein vom Vorabend empfand er das als nicht ungewöhnlich. Er war beinahe ein wenig stolz. Fast wie früher, als ich so richtig über die Stränge geschlagen habe, dachte er. Wie jeden Morgen ging er direkt zur Toilette. Er setzte sich auf die Klobrille und presste leicht, so wie es immer nötig war, damit sich sein Darm entleerte. Plötzlich wurde der Schwindel durch eine massive Übelkeit und einen heftigen Schweißausbruch abgelöst. Es setzte ein vernichtender Kopfschmerz ein. Kurt Sörensen dachte, sein Kopf würde explodieren. Dann kippte er seitwärts von der Toilette und schlug mit dem Kopf auf dem Fußboden auf. Aus der entstandenen Platzwunde lief Blut. Kurt erbrach sich und stammelte Unverständliches. Er hatte das Gefühl, nur noch eine linke Körperhälfte zu haben.

Katharina und Ole haben soeben die Getränke und den Wocheneinkauf für Kurt in die Küche getragen, den sie wie jeden Dienstag in ihrer Frühstückspause erledigt haben.

Ole hatte das Poltern gehört, eilte durch die Wohnung, fand das Badezimmer verschlossen und trat die Tür ein. Katharina stürzte ebenfalls in den Flur.

„Scheiße, Scheiße, Scheiße!" schrie Ole und tippte die *Eins Eins Zwei* in sein Mobiltelefon. Katarina rannte zu Kurt und brachte ihn in stabile Seitenlage. Kurt atmete tief und röchelte beim Einatmen.

„Sieht aus wie der Schlaganfall bei meiner Oma", sagte Katharina. In ihrem Kopf kreiste eine Zeile aus dem Hörspiel *Die Schatzinsel*. Das konnte sie als kleines Mädchen fast auswendig mitsprechen. Den Kerl hat der Schlag getroffen, hieß es dort.

Als der Notarzt Katharinas Diagnose bestätigte, war das völlig egal. Kurt wurde in das Husumer Krankenhaus gebracht. Vielleicht würde er als Pflegefall in einem Altenheim landen, dachte Ole. Er erinnerte sich auch an sein Gespräch mit Katharina an seinem Geburtstag zurück. Er dachte: „Papa, ich hab dich lieb."

Ole ging zu Kurts Schreibtisch und öffnete dessen Umschlag mit der Patientenverfügung. Ole überflog das Dokument und musste feststellen, dass sein Vater sich ihn als Betreuer wünschte. Keine Maschinen, im Zweifel ein würdiges Sterben, so waren die Angaben. Aktive Sterbehilfe, das wusste Ole, war für seinen Vater nie eine Option gewesen. Kurt war bekennender

Katholik und nahm seinen Glauben in diesen Fragen sehr ernst. Nun, da es um seinen Vater ging, wurden seine Überzeugungen brüchig und unklar.

Katharina betrat den Raum. Ole wischte sich durch die Augen, schluckte und sagte „Pollenallergie!"

„Jetzt im Winter?", fragte Katharina und nahm Ole in ihre Arme.

Die Stunden vergingen und das Krankenhaus meldete sich nicht. Ole hatte sich hingelegt und war prompt eingeschlafen. Verzweiflung und Angst hatten seine Kräfte aufgezehrt. Katharina zappte durch die Programme am Fernseher.

Es war schon dunkel, als Ole verschlafen und immer noch erschöpft das Wohnzimmer betrat. Katharina goss eine Tasse Tee ein. Er setzte sich und blickte stumm in die Ferne. Wie aus dem *Off* ertönte Minuten später seine Stimme.

„Papa ist krank. Im Krankenhaus, Schlaganfall. Hast du das gesehen? Er sah schrecklich aus. Aber weißt du was? Er soll sein Leben leben, das verspreche ich dir. Ihm. Wie soll es nur weiter gehen? Es wird weiter gehen. Kurz oder lang."

Vor seinem inneren Auge stolziert sein Vater als Gockel verkleidet über die Bühne eines eleganten Theaters. Eine Herde aufgebrachter und fedriger Schauspielerinnen folgt ihm. Er atmet genüsslich die aufmerksamen Blicke des Publikums ein.

Ob sein Abgang schon bald kommen wird, fragt Ole sich und richtet seinen Blick wieder in die Ferne.

Bente Brugsen

Jedes Mal, wenn eines ihrer fünf Kinder sie besucht, werden die Fotoalben aus dem kleinen Nachtschränkchen neben dem Bett herausgeholt und angesehen. Nun ja, die Kinder sind schon etwas älter – um genau zu werden: alle sind schon weit über fünfzig Jahre hinaus – doch nach wie vor verspricht die liebevoll gehütete, in groben Stoff oder künstliches Leder eingebundene und von Jahr zu Jahr wachsende Sammlung von Fotografien gute Gespräche mit bisweilen herzhaftem Gelächter. Bente Brugsen setzt die Fotoalben ein wie einen Joker im Kartenspiel. Sie weiß, dass sie mit der in den bunten Bildern festgehaltenen Erinnerung die Brücke zu den Menschen schlagen kann, die ihr viel bedeuten – die Taufe der kleinen Lisa, ihrer zweiten Enkeltochter; der achtzigste Geburtstag ihres Bruders Karl im Gasthof *Zum Schimmelreiter*, bei dem die Gäste auf dem Tisch kaum Platz fanden, um ihre Handgelenke abzulegen, so gefüllt waren die Tische mit Essen; die Wanderung ihrer Kinder mit den Familien nach Kellenhusen und auch die Beerdigung ihrer Schwester Hilde. Die Geschichten von früher werden erzählt, so auch die Neuigkeiten von heute aus Stadt, Land und Familie. Und wie es Lisa, der damals „kleinen Lisa", die heute über eins achtzig groß gewachsen und seit ein paar Wochen stolze Besitzerin eines Opel Corsa ist, wohl geht? Nun, sie habe sich von ihrem Freund getrennt, weiß Bente zu berichten. Dabei trägt sie ein schelmisches Grinsen und ein klein wenig Stolz in ihrer Stimme – sie weiß, dass die Neuigkeiten in der Familie selten an anderer Stelle als bei ihr in Umlauf kommen. Lisas Mutter habe letzte Woche angerufen. Lisa ziehe zu ihrem Bruder, bis sie eine neue Wohnung gefunden habe. Es gehe ihr gut, die Beziehung sei sowieso nicht mehr gut gewesen – Lisa wolle von einem Kerl, der nichts anderes als Arbeit und Karriere im Sinn hat, nichts wissen.

Sind die Enkelkinder zu Besuch, freut sich Bente ganz besonders, denn die meisten ihrer acht Enkel wohnen weit von Husum entfernt und sie können deshalb nur unregelmäßig vorbei kommen. Dann erzählt sie die neusten Geschichten und klärt mit dezenten aber unmissverständlichen Fragen ab, ob jemand – nun endlich – vorhat, sich in den Stand der Ehe zu begeben. Bei Lisa würde sie derzeit nicht fragen, aber bei den anderen Enkeln ist das Heiraten doch allemal eine Frage wert, zumal sie sich sehnlich einen Urenkel wünscht.

Bente Brugsen freut sich jedes Mal von Herzen, wenn sie im Pflegeheim besucht wird, uns sei es auch nur für eine Viertelstunde. Kaum ein Gast kann sich ihrem strahlenden Willkommen entziehen und unter einer halben Stunde Zeit bei ihr verbringen. Bei Bente Brugsen zu sein tut gut.

Nicht alle Fotos sind ganz in zeitlicher Reihenfolge angeordnet. Bisweilen gleiten Kuverts aus den Seiten hervor und bringen die Fotos durcheinander, die seit jeher nur flüchtig zwischen die Seiten geschoben wurden. Dann bückt Bente sich schwer und hebt sie lachend vom Boden auf. Das könne ja mal vorkommen, sagt sie dann und merkt an, dass man die Leute doch sowieso kenne. Ein Jahr früher oder später sei doch gleichgültig.

Auch Postkarten finden sich – aus Wien, von Mallorca, aus der Sahara und von vielen anderen, kalten und warmen Flecken der Welt. Die Urlaubsgrüße dienen Bente Brugsen in gewisser Weise als Kurzgeschichten, die sie mit ihren Besuchern teilt. Sie werden gemeinsam studiert und genossen, eine nach der anderen. Jedes Mal sind die Besucher aufgefordert, die Schriften zusammen zu entziffern und sich in die bunten Fotografien der anthrazitfarbenen Meeresbuchten, der majestätischen Kathedralen und der stimmungsvollen Sonnenuntergänge hinter endlos erscheinenden Sanddünen hineinzufinden. Dazu zieht Bente ihre Brille an. Wohlwissend, dass die Grußkarten in Bentes Augen mehr sozialen als privaten Charakter haben, hüten sich alle Postkartenschreiber in der Regel davor, auf den Karten sehr persönlich zu werden. Nur die Mutigsten schreiben ein „Ich hab dich lieb" oder „Ich umarme dich".

Bente weiß, dass für sie auch in Zukunft gesorgt sein wird. Wenn Sie irgendwann nicht mehr sagen kann, welche Behandlungen sie möchte oder welche Therapien sie ablehnt, dann werden sich ihre Kinder mit dem Arzt besprechen und zusammen entscheiden, wie es mit ihr weiter gehen soll. Das steht in der Vollmacht. Diese Vorstellung passt ihr viel mehr, als eine Menge trockener Zeilen in einer Verfügung zu einer Zukunft, die sie sich nicht vorzustellen vermag.

Bisweilen schüttelt Bente Brugsen ungläubig den Kopf, wenn sie sieht, wohin ihre Kinder und Enkelkinder reisen. Warum sie das wohl machen? Sie ist in Oldersbek geboren und bis zu ihrem Umzug in das Pflegeheim *Krokusblüte* hat sie dort gelebt. Ab und an ist sie, aber eher damals, als ihr Mann noch lebte, zu kleinen Spazierfahrten in die nahe Umgebung mitgefahren. Auch zur Geburt ihrer Kinder und für die Ausbildung ist sie nach Husum gefahren. Ansonsten hat sie ihr Leben aber in ihrem Heimatort gelebt. Als sie drei Jahre zuvor in die

Krokusblüte zog, war sie sehr überrascht über die Weihnachtsbeleuchtung in den Straßen von Husum. Also so etwas habe sie noch nie gesehen. In Oldersbek hat sie, wie sie findet, ein gutes Leben gehabt. Vor drei Jahren hat ihr Leben dann einige schwierige Wendungen genommen und seitdem wohnt sie in der Krokusblüte. Sie war es, die den Umzug wollte, denn hier waren Menschen, die sich um sie kümmerten und es merkten, falls es ihr nicht gut ginge. So sehr sie ihren Hof schätzte, der ein gutes Stück außerhalb von Oldersbek in den Dünen lag, so einverstanden war sie auch, einen Großteil ihrer Möbel und Habseligkeiten ihrer Familie zu schenken und ihren Alltag in einen Raum zu beschränken, zumal es ihr seit Jahren eigentlich über den Kopf gewachsen war, ihr ganzes Hab und Gut zu ordnen und zu verwalten.

In Bentes Zimmer ist ein kleiner Tisch zu finden, an dem sie vormittags und nachmittags die Zeitung liest, während sie abwechselnd in die aufgeschlagenen Seiten und aus dem Fenster sieht. Zwischendurch greift sie auch nach den neuesten Postkarten, die vor ihr, an Blumenvasen und Gläser gelehnt, ausgestellt sind. Dann sinken ihre Gedanken zu ihrem Enkel Tobias nach Würzburg oder ihrer Tochter Susanne nach Berlin. Wie es ihnen wohl geht, fragt sie sich, und beginnt, für sie zu beten.

Nordfriesland Tageblatt

„Niebüll. Nach einem Vortrag des Schweizer Professors Luca Bondagio im Gemeindesaal der Stadt Niebüll sind Handgreiflichkeiten nur durch das beherzte Einschreiten des Polizeihauptkommissars Ole Sörensen verhindert worden.

Der Professor hatte auf Einladung der Universitätsgesellschaft und des Hospizvereins Südtondern zum ärztlich assistierten Suizid vorgetragen. Bondagio zählt zu den entschiedenen Gegnern der rechtlichen Lockerungen. Nach Ansicht des Professors besteht die Gefahr, dass mit der geplanten gesetzlichen Änderung das Tabu „Tötungsverbot" gebrochen wird, auch, wenn es sich „nur" um die Beihilfe handelt.

Es könnte zu einem „Dammbruch" kommen, der wie in Belgien, den Niederlanden, der Schweiz und einigen Bundesstaaten der USA auch eine Erweiterung zur aktiven Sterbehilfe befördern könnte. Schon heute fühlten sich viele Menschen, die auf die Unterstützung anderer angewiesen sind, als Last oder Zumutung für ihr Umfeld. Lassen sich Selbstbestimmung und Zeitgeist tatsächliche auseinander dividieren? Die Ursachen, so der Professor, lie-

gen in der neoliberalen Orientierung unserer Gesellschaft.

Nach den Ausführungen des Professors sprang Dr. Gerwin Krollhagen im Auditorium auf, der in der Region Nordfriesland zu den Protagonisten des ärztlich assistierten Suizids gehört. Er wolle sich und seinen Patienten das Recht auf Selbstbestimmung nicht nehmen lassen, gab er empört zu bedenken. „Das sind die Errungenschaften der Aufklärung, die wir schützen müssen!", gab Krollhagen empört zu bedenken.

Die Argumentation des Professors, es sei vielleicht ein wenig zu kurz gedacht sich für eine universelle Transparenz zu engagieren quittierte Krollhagen mit einem Sprung auf den zierlich wirkenden Professor. Als er bei Bondagio ankam, hatte sich der sich unter den Zuhörern befindliche Kriminalkommissar Ole Sörensen bereits aufgebaut, um Schlimmeres zu verhüten.

Die hohe emotionale Beteiligung der Anwesenden spricht sehr dafür, dass es zu diesem Thema noch viel Gesprächsbedarf besteht. Lesen Sie hierzu auch unser heutiger Kommentar auf Seite 2."

Krüger klappte die Zeitung zu und rückte im Sessel etwas nach vorne. Er überlegte und zündete sich eine Menthol-Zigarette an. Immer wenn es was zum Nachdenken gab, war dieses Ritual sehr hilfreich. Außerdem hatte er sich dies bei Altbundeskanzler Helmut Schmidt abgeguckt, wobei er mehr mit dessen Gestus als den Inhalten seines Denkens vertraut war. Während er den Qualm der Zigarette mit großem Genuss durch die Nase ausblies, dachte er über den ärztlich assistierten Suizid nach. Vielleicht, so dachte Krüger, wäre das auch etwas, was man Angehörigen übertragen sollte. Denn während man ein Tier einschläfern darf, das krank ist, versagen wir den Mitmenschen diesen letzten Akt der Liebe. Krüger schob die Gedanken beiseite und die Fernbedienung des Fernsehgerätes auf sich zu. Wie gut, dass jetzt die Sportschau mit der Fußballbundesliga im Fernsehen kam. Hinterher würde er mit seiner Frau *Wer wird Millionär spezial?* ansehen. Heute waren Politiker als Kandidaten angekündigt.

„Mal sehen, ob diese Blödel mehr wissen als ich", dache Krüger.

# Post für Helene

Es ist Mittwoch. Helene nimmt den Brief aus dem Postkasten und setzt sich an ihren Küchentisch. Kein Absender, griechischer Stempel. Sie öffnet das Kuvert. Inliegend findet sie einen Brief mit einer fast kindlich anmutenden Handschrift.

Liebe Leni!

Wie soll ich beginnen? Du kennst mich nicht und trotzdem bin ich dein Vater. Ich sitze hier in meinem selbst erwählten Exil und denke darüber nach, wie ich dir alles erklären kann.

Ja, ich bin es gewesen. Es ist so, wie du vermutet hast! Ich bin dein Vater und ich war Charon für meine geliebte Anna, deine Mutter. Ich habe ihr auch ohne Obolus geholfen, den Styx zu überqueren. Vielleicht, liebe Leni, hat Anna ihren Obolus an dir gefunden. Ich glaube, so sind unsere Geschichten miteinander verwoben.

Immer wenn ich in Deutschland war, wollte ich Kontakt zu dir aufnehmen. Ich habe mich nie getraut. Ich hatte Angst, du könntest mich für das verachten, was ich bin und was ich getan habe.

Ich wünsche mir so sehr, dass es in unseren Leben anders weitergehen kann. Komm zu mir! Ich gebe dir die Chance auf ein neues Leben. Liebe Leni, ich habe dich oft angesehen, als du in den Supermarkt zum Arbeiten gegangen bist. Ich war so unendlich stolz darauf, wie du dich um Anna gekümmert hast.

Bei allen meinen Besuche habe ich gewartet, bis du arbeiten warst und erst dann bin ich zu Anna gefahren. Im Pflegeheim habe ich mich immer als Jugendfreund ausgegeben. Das ist nicht falsch, aber eben auch nicht die ganze Wahrheit. Vielleicht hat man dir von mir erzählt? Deine Mutter war immer sehr glücklich, wenn ich sie besucht habe.

Aber ich war es, ich konnte es nicht mehr ertragen, die Frau, die ich mehr als mich selber geliebt habe, so leiden zu sehen. Nach vielen Besuchen habe ich dann eine Entscheidung getroffen. In Deutschland gibt es ja nicht die Möglichkeit, ein Leben in Würde und Ehre zu beenden. Diese Scheinheiligkeit macht mich krank. Ich habe ihr geholfen. Ich war es. Ja, liebe Leni, die Tat war sicher schrecklich, aber es war meine letzte Möglichkeit, Verantwortung zu übernehmen. Verantwortung für ein Leben, das so eng mit dem meinen verwoben war und ist. So lange hatte ich meine Aufgaben nicht gut gemacht, so lange habe ich so vieles

versäumt. Und diesen letzten Dienst war ich
ihr schuldig. Weißt du, was Liebe ist?
Du wirst bald erfahren, wie du zu mir kommen
kannst.

Ich hab dich lieb
Dein Vater Jochen

Helene dreht sich eine Zigarette und schenkt
sich einen Jack Daniels aus der Flasche ein, die
für Notfälle im Küchenschrank steht. Obwohl
der erste schon ein Doppelter war, schenkt sie
sich noch einen Dreifachen nach. Bevor sie
weiterlesen kann, blickt sie aus dem Fenster
und hört, wie die Krähen in den Ulmen gegenüber krächzen.
In ihrem Kopf dröhnen die Worte „Und trotzdem bin ich dein Vater". Sie verursachen
Schwindel.
Fuck, du blödes Schwein, denkt sie aufgebracht. Was interessieren mich die Gefühlsdu-
seleien von einem abgehalfterten alten Sack!
Vielleicht will er am Ende noch was erben?
Oder einziehen und sich aushalten lassen? Ich
kann mir was Besseres vorstellen. Helene entfaltet den Brief ganz. Es fällt ein Flugticket heraus. Es ist für Freitag, übermorgen, ausgestellt.
Von Hamburg nach Iraklion via Athen. Helene
liest den Brief zu Ende. Sie packt ihn beiseite
und macht sich auf den Weg nach draußen.

Helen hofft, dass die Nacht sie verschluckt. Soll sie darauf eingehen und einfach von der Bildfläche zu verschwinden? Wenn ihr Vater tatsächlich ihre Mutter umgebracht hat, würde sie zu einem Mörder reisen. Vielleicht war dieser Mörder aber auch ein barmherziger Helfer, so einer wie die bei *Dignitas*. Wo war hier denn die Grenze zwischen richtig und falsch. Wer erlaubt wem, einen anderen Menschen zu töten? Und vor allem: Ab welchem Zeitpunkt ist das okay? Ist es in Ordnung, jemanden wie ihre Mutter zu töten, die seit Helenes Geburt Probleme hatte, bei Stress den Urin zu halten? Schließlich ist Inkontinenz würdelos und belastend. War die Zumutung für *andere* zu groß, wenn mal etwas daneben ging und bei Lidl an der Kasse eine ältere Dame nach Urin roch? Oder war es erst okay, jemanden zu töten, wenn er an einer entstellenden Tumorwunde im Gesicht litt?

Sie selber hatte sich diese Fragen mehr als einmal gestellt und keine Antwort gefunden. Aus der Sicht von jemandem, der nicht betroffenen ist, ist alles ganz einfach. Aber wenn man direkt oder indirekt verstrickt ist, dann ist das anders. Und jetzt, da kontrollierbare und verwaltbare Regelungen für den ärztlich assistierten Suizid geschaffen werden, war es ja offenbar nicht mehr ganz so schlimm, in das Lebensende eines anderen einzugreifen.

Was hatte ihr Vater denn anderes getan, als einen offenbaren Sterbewunsch zu erfüllen? Nur die staatliche Legitimation fehlte. Nein, Helene musste den Mann kennenlernen, der ihrer Mutter geholfen hatte oder eben ihr Mörder war. Sie musste weg aus einem Land, in dem ein Grundgesetz das menschliche Lebensrecht schützt, in dem aber das Taktieren und Buhlen um die Gunst der Bürger so weit geht, dass unveräußerliche Menschenrechte mit den Füßen getreten werden. Hatte nicht auch Dr. Jessen zu ihr gesagt, dass der hippokratische Eid verbietet, dass ein Arzt einem Menschen ein tödliches Gift gibt? Vielleicht war es für sie gut, endlich auszubrechen. Sie würde auf die Reise gehen, bevor jemand das alles erkannte.

Ein unerwarteter Hausbesuch

Karsten Jessen fährt auf dem Hof des Schweinebauern Jochimsen vor. Die Bezeichnung Schweinebauer ist an Jochimsen hängengeblieben, weil er früher sein Geld mit der Schweinezucht verdient hat. Heute findet sich hinter seinem Hof eine mehrzügige Biogasanlage, in der die Überschüsse an Getreide und Mais, die in Südtondern geerntet werden, mit staatlicher Förderung zu einer Stromüberkapazität verwandelt werden, die niemand braucht. Die Trasse nach Süddeutschland scheitert am Widerstand der Anwohner entlang der Trasse. Aber seit dem Unfall von Fukushima ist diese Form des „Ökostroms" um jeden Preis eben en vogue. Kritik daran ist nicht erwünscht. Jochimsen ist auf den Zug aufgesprungen und hat die Schweinewirtschaft ad acta gelegt. So wird man stromlinienförmig reich und kann dabei offiziell auch noch ein ökologisch reines Gewissen haben, sagt er immer mit einer Spur Verlegenheit. Jessen überlegt bei jedem Besuch, ob man die Überschüsse an Getreide nicht besser über den Globus verteilen sollte, dorthin, wo Menschen nichts zu essen haben. Aber das bringt eben weniger Profit. Waffen sind für den Geldbeutel zuträglicher.

Jessen stapft durch den Schneematsch auf dem Hof. Er tritt in eine Pfütze und Matsch quillt an seinem Schuh hoch. Jessens Füße werden langsam nass und kalt. Die Kälte vertreibt die politischen Gedanken. Nun ist er wieder ganz der Hausarzt Karsten Jessen. Er geht in das Haus. Bei früheren Besuchen hat er diesen Weg durch die Waschküche schon häufig genommen. Als er durch die Stalltür in die Küche kommt, schlägt ihm ein gemischter Geruch von feuchten Klamotten, abgestandenem Kaffee und erkaltetem Pfeifenrauch entgegen. Der Altbauer sitzt am Küchentisch und deutet mit einem Kopfnicken über seine Schulter in die Wohnstube.

[1]„Moin, moin Doc, ick glöff Mudder is dot, kanns mo kieken ob datt so iss?" nuschelt der alte Jochimsen zwischen seiner Pfeife und der Zahnprothese hervor.

„Iss ja ock n feine Öller wenn du fiefundningti Johr old worn büss. Ick bün nu tweundsümbti und mien Mudder iss eben nu ock dran wähn- meens nä ock?"

„Moin, moin Jochimsen ick glöff ock, aber warum häs mi denn nix vertellt ass du güstern bi mi in de Praxis wärs?"

1   Übersetzung des plattdeutschen Textes auf Seite 255

„Na iss doch normal wenn jemand in dat Öller dot geiht, da brucks nich glicks nah de Doktor ropen. Mudder wär so twe Wecken nich god. Ick häff mi schon dacht, dat es nu wohl vorbi is. Denn häff ick Mudder froght und se säch to mi se wull nich to Krankenhus. Se hät mi vertellt dat se mit den leve Herrgott schnackt hät. Hä hät ähr vertellt dat se nu man to ähm kommen schall, und Mudder säch to ähm dat nu ock nuch iss mit de Plackerei hier."

„Na, Jochimsen, denn häs doch allens richti mogt denk ick", sagt Jessen und lehnt höflich das Stück Kautabak ab, das Jochimsen aus dem silbernen Tütchen mit der dänischen Aufschrift „Bröder Brun" anbietet. „Lot man in dien Tasch, ick verdräg denn Krom nich, ick häff den jümmers Dünnpfiff... !"

Jochimsen grinst. „Nä, dat muss ja nich, wenn du glicks vun Mudder wech büst, kannst mi noch hölpen und Karl Kiste anropen, oder schall ick en andere Bestatter nehmen?"

„Nä Jochimsen, dat iss schon de richtige Mann, ick kann äm ock gut lieden ", sagt Jessen während er in das Sterbezimmer der alten Frau geht.

Jessen untersucht die Leiche gründlich und stellt sichere Todeszeichen fest. Er füllt den Totenschein in der Küche aus wobei ihm der alte Jochimsen schweigend zusieht. Dann ruft er den Bestatter an.

„Danke Doktor, dass sie mir Bescheid sagen. Die Jochimsen. Ja, ja, so sind sie die alten Leute. Manchmal wissen sie einfach, dass ihr Leben gelebt ist. Legen sich hin und vorbei ist's. Vor zwei Wochen habe ich die alte Dame noch auf dem Wochenmarkt getroffen. Sie hatte damals zu mir gesagt: „Na, Peter bi mi iss nich mehr so doll, ick glöff hä holt mi bald, dat iss man ock god denn in sun verdammichte Heim will ick nich hin. Ick denk immer dat beste wär, wenn ick mit min Kopp to vorderst in dat Blumenbeet stecken bliev. Leider iss da nu im Winter nix bin und bis de Perlhyazinthen wedder rutkieken bin ick nich mehr dor. Aber lot di dat sägen, wenn Du kommst mi aftoholen musst nich trübsinnig sien- ick häff en wunderbaret Leben levt und nix iss mehr nach und min Jung mit sien tweundsümbti Johr de kommt schon torecht."

Jessen schluckt. Er kennt diese Geschichten. Er fragt sich oft, ob er in diesem Moment auch so gefasst sein kann.

„Die haben ihr Leben aber gelebt. Dramatisch muss es wohl nicht sein", denkt er sich als er den Hof verlässt.

Übersetzung des Plattdeutschen Textes von Seite 252

„Moin, moin Doc, ich glaube Mutter ist tot, kannst Du mal nachsehen ob das so ist?" nuschelt der alte Jochimsen zwischen seiner Pfeife und der Zahnprothese hervor.

„Ist ja auch ein gutes Alter, wenn Du fünfundneunzig Jahre alt geworden bist. Ich bin nun zweiundsiebzig und meine Mutter ist eben nun auch dran gewesen, meinst Du nicht auch?"

„Ich glaube auch, aber warum hast Du mir denn nichts erzählt als Du gestern bei mir in der Praxis warst?"

„Na, das ist doch normal wenn jemand in diesem Alter stirbt, da braucht man nicht gleich den Doktor zu rufen. Mutter ging es schon seit zwei Wochen nicht gut. Ich habe mir gedacht das es nun wohl auch vorbei ist. Dann habe ich Mutter gefragt und sie sagte, sie wolle nicht ins Krankenhaus. Sie hat mir gesagt das der liebe Herrgott mit ihr gesprochen hatte. Er hat ihr erzählt, das sie nun zu ihm kommen soll und Mutter hatte zu ihm gesagt das nun auch mit der Plackerei Schluss sein muss."

„Na, Jochimsen dann hast Du doch alles richtig gemacht, denke ich", sagt Jessen und lehnt höflich das Stück Kautabak ab, das Jochimsen aus dem silbernen Tütchen mit der dänischen Aufschrift „Bröder Brun" anbietet. „Lass man in deiner Tasche,ich vertrage den Kram nicht. Ich bekomm davon Durchfall!"

Jochimsen grinst. „Das muss ja nicht sein. Wenn Du gleich vom Mutter zurück bist kannst Du mir noch mal helfen und Karl Kiste anrufen, oder soll ich einen anderen Bestatter nehmen? "

„Nein, Jochimsen, das ist der richtige Mann, ich kann ihn auch gut leiden", sagt Jessen während er in das Sterbezimmer der alten Frau geht.

Jessen untersucht die Leiche gründlich und stellt sichere Todeszeichen fest. Er füllt den Totenschein in der Küche aus wobei ihm der alte Jochimsen schweigend zusieht. Dann ruft er den Bestatter an.

„Danke Doktor, dass sie mir Bescheid sagen. Die Jochimsen. Ja, ja, so sind sie die alten Leute. Manchmal wissen sie einfach, dass ihr Leben gelebt ist. Legen sich hin und vorbei ist's. Vor zwei Wochen habe ich die alte Dame noch auf dem Wochenmarkt getroffen. Sie hatte damals zu mir gesagt: „Na Peter bei mir ist es nicht mehr ganz so gut. ich glaube er holt mich bald das ist auch gut, denn in so ein verdammtes Heim will ich nicht. Ich denke immer es wäre das Beste, wenn ich mal kopfüber im Blumenbeet stecken bleibe. Leider ist da nun im Winter nichts drin. Und bis die Perlhyazinthen wieder rausgucken bin ich nicht mehr. Aber lass es Dir gesagt sein, wenn Du mich abholst musst Du nicht trübsinnig sein – ich habe ein wunderbares Leben gelebt und nun ist davon Nichts mehr übrig und mein Junge ist auch schon zweiundsiebzig, der kommt schon zurecht."

Jessen schluckt. Er kennt diese Geschichten. Er fragt sich oft, ob er in diesem Moment auch so gefasst sein kann.

„Die haben ihr Leben aber gelebt. Dramatisch muss es wohl nicht sein", denkt er sich als er den Hof verlässt.

Die Flucht

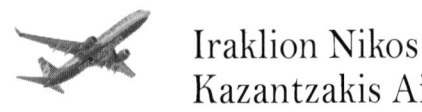

Iraklion Nikos Kazantzakis Airport

Freitag vierzehn Uhr. Der A-320 der Aegean Airlines setzt rumpelnd auf dem Runway 27 des Kazantzakis Airport in Iraklion auf. Helene blickt durch das kleine Kabinenfenster. Draußen scheint die Sonne, im Hintergrund sind schneebedeckte Gipfel zu sehen.

Am Terminal steht Jochen. Das Flugzeug, gerade aus Athen angekommen, ist gut sichtbar in korrekter Position geparkt. Gepäck wird ausgeladen, Fluggäste verlassen über eine Treppe das Flugzeug und gehen müde über das Vorfeld zu dem Bus, der sie zum Terminal befördern wird. Ob sie das ist, die junge zierliche Frau mit den vielen Tätowierungen? Nach nur wenigen Sekunden ist Jochen sich sicher: Das ist seine Tochter. Gang und Körperhaltung gaukeln ihm für einen Moment vor, dass dort Anna geht.

Jochen hat einen Koffer bei sich. Auf den zwei Tickets in seiner Tasche steht „Iraklion-Kairo". Die zwei Anschlusstickets tragen den Aufdruck „Kairo-Johannesburg".

Helene erkennt ihn sofort. Es kann nur der trainierte Mann sein, der sich im Hintergrund der Empfangshalle aufhält.

Sie gehen aufeinander zu. Es ist für beide so, als hätten sie sich schon immer gekannt.

„Helene." Jochen versucht sich an einer Begrüßung. Er ist sichtlich gerührt.

„Vertrau mir Helene", sagt er. „Wenn du möchtest, beginnen wir ein neues Leben."

„Wie meinst du das, Jochen?", fragt Helene ihren Vater.

„Na eben so, wie ich es gesagt habe. Du kommst mit mir, in ein neues Leben zusammen. Ich habe mich mein ganzes Leben nicht um dich gekümmert. Jetzt will ich dir das geben, was so lange weg war. Ich will für dich da sein. Ich habe Tickets in die Freiheit. Freiheit und ein neues Leben."

„Ist es wirklich so?". Sie schaut ihn fragend an.

„Lange habe ich über dich nachgedacht. Wie kann es sein, dass jemand so ist wie du? Ich habe Angst vor dir. Dein Leben ist dein Leben. Ich werde es nie verstehen. Erst habe ich gedacht, du hast Mutter geholfen, ihr vielleicht so etwas wie einen letzten Liebesbeweis erbracht."

Die Piercings beginnen leicht zu beben.

„Da habe ich gedacht, dass du riesig viel Mut hast und geglaubt, dass du einfach nur das getan hast, was alle denken. Aber... ."

„Helene ich möchte dir was erklären...!"

„Nä Jochen, ich rede jetzt! Es ist schrecklich, wie Mutter leiden musste. Aber sie hatte ihr ganzes Leben doch schon durchlitten. Du hast sie ja mit mir alleine gelassen hast. Enttäuscht hast du sie und ihr Vertrauen zerstört. Klar, du hattest ein Ziel. Du hast Sicherheit gesucht, Sicherheit durch Geld, für uns alle drei. Ich kann das verstehen. Kohle hätten wir gern gehabt. Mutter hat es aber auch in elenden Zeiten geschafft, mir ein Leben zu ermöglichen. Anders als ich es gewünscht habe, alles andere als sicher und viel zu wenig Kohle, aber es war unser Leben. Verstehst du."

Helene dreht sich eine Zigarette. Ihr Vater suckelt nervös an seiner Wasserflasche.

„Ich habe Mutter gehasst und geliebt, aber sie war da, sie war meine Mutter mit allen ihren Stärken und vor allem auch ihren Schwächen und mit einer großen Sehnsucht nach dem Leben."

„Aber Sie hat doch die letzten Jahre gelitten, sie war nicht mehr sie selber. Immer wenn ich sie gesehen habe, ging es ihr schlechter. Das haben auch die Pfleger gesagt. Und wer hat schon so ein beschissenes Dasein verdient?"

„Wer beurteilt, welches Leben beschissen ist? Du? Ich? Die Merkel? Hör auf, das ist doch Quatsch! Und arrogant!"

„Ja, aber ich dachte, wir sind lange über so einen religiösen Mist weg. So wie du es sagst, kann ja nur so etwas wie ein Gott dem Leben seinen Wert geben. Damit sind wir zurück im Mittelalter!"

Helene schmeißt ihren Rucksack auf den Boden. Er platzt und es rollen einige Gegenstände über den Boden. Die umstehenden Passanten springen zur Seite.

Irgendjemand ruft: „ Sie hat eine Bombe!"

Helene sieht ihrem Vater tief in die Augen und sagt mit lauter und fester Stimme:

„Schwachsinn, Leben ist wertvoll, weil es Leben ist. Was weißt denn du? Du hast dich verpisst, als es schwierig wurde. Nix easy und so. Du bist dem ganzen Scheiß immer aus dem Weg gegangen, hast nie erfahren, wie es ist, wenn einen das Leben zu zerreißen droht, wie es ist, wenn der schwarze Hund der Depression einen anfällt, weil das Leben nicht so ist, wie es die Werbung verspricht!"

Jochen starrt seine Tochter mit offenem Mund an.

„Ich kenn diesen ganzen Scheiß und ich sage dir, die Momente im Altenheim waren auch manchmal gut, trotz Sorgen und Ekel. Mutters Jahre waren zu kurz und zu traurig. Doch genau das haben wir so gut wir es konnten geteilt. Unsere Zeit, ja."

Helene verliert sich in den Gedanken und kommt alsdann wieder auf den Punkt zurück.

„Das steht nicht als Summe auf einem Kontoauszug. Für diese Momente, Jochen, lebe ich.

Gott, ob es den gibt oder nicht, das ist doch schnuppe. Leben ist wertvoll, weil es Leben ist. Das ist der kleinste gemeinsame Nenner, auf den wir uns immer wieder verständigen können. Und was wusstest du in echt darüber, wie es Mutter ging? Nichts. Dein eigener Narzissmus war gekränkt. Du konntest Urinflaschen und verkleckerte Nachthemden nicht ertragen. Du, du, immer nur du."

Helene pfeffert Deo, Kugelschreiber und die anderen Gegenstände in Reichweite zurück in den Rucksack.

„Danke für dein Angebot, ich habe mich anders entschieden."

Ohne sich umzusehen, wendet sich Helene um und checkt für den Rückflug nach Hamburg ein, der am späten Nachmittag abheben wird.

Ein interessantes Ergebnis

Katharina lässt sich in ihren knarzenden Bürostuhl fallen. Heute ist sie froh, dass der Stuhl
knarzt und sie sich eine ganze Zeit, wenn sie
möchte den Rest des Nachmittages, hier auf-
halten kann. Büroarbeit eben. Sie sieht aus
dem Fenster. Der Regen läuft an der Scheibe
herunter. Ein Schleier von kondensierendem
Wasser schlägt sich nieder. Katharina fühlt
sich erschöpft von der Tagesarbeit. Ihre Beine
sind schwer und der Kopf dröhnt. Am liebsten
würde sie sich schlafen legen. Aber sie merkt,
dass ihre Arbeit am Fall Anna Rosenkranz in
ein entscheidendes Stadium eintritt. Katharina
ist genervt. An manchen Tagen ist es unangenehm, eine Frau zu sein, denkt sie und geht
auf die Toilette. Männer haben es da einfacher.
Obwohl, so launisch wie Ole zuweilen ist,
könnte man vermuten, dass auch er manchmal
seine Tage hat. Zurück im Büro blättert Katharina durch ihre Unterlagen. Sie überlegt, ob die
Nachricht des Rechtsmediziners sie wirklich
weiter bringt. Katharina greift reflexartig zu
der Kaffeetasse, die neben ihrer rechten Hand
steht. Sie will gerade einen Schluck trinken, als
sie sieht, dass die Tasse leer ist und sich auf

dem Boden ein leichter Schimmelteppich befindet. Naja, ich hab' wohl lange nicht mehr hier gearbeitet, denkt sie und schiebt die Tasse zur Seite.

Sie geht noch einmal die Täterprofile durch. Vor allem überprüft sie die Blutgruppen. Sie hat sich telefonisch oder auch im persönlichen Kontakt mit den entsprechenden Männern die Erlaubnis geben lassen, deren jeweilige Blutgruppe für ihre Ermittlungen zu erfragen und zu verwenden. Sollte sich ein Verdacht erhärten, müsste eine genauere Abklärung erfolgen. Der einzige, den sie noch nicht erreicht hat, ist Krüger. Katharina greift zu ihrem Telefon und versucht erneut, den Heimleiter zu erreichen.

„Guten Morgen Herr Krüger, ich glaube wir können den Personenkreis der Tatverdächtigen erheblich einschränken. Die Gerichtsmedizin hat ganze Arbeit geleistet."

Nach ihrem letzten Kontakt ist Krüger deutlich handzahmer.

„Ah, guten Morgen Frau Becker. Das freut mich für Sie. Wie kann ich Ihnen helfen?"

„Ach ganz einfach Herr Krüger, ich bräuchte Ihre Blutgruppe."

„Die kenne ich nicht. Aber warten Sie mal, ich hab noch meinen Impfpass von der Bundeswehr in der Tasche, da müsste die eigentlich drin stehen."

Katharina hört Krüger auf der anderen Seite nesteln, dann schlurft er zurück an das Telefon. „AB positiv, Frau Becker, steht hier. Und seien Sie versichert, wenn es notwendig wäre, würde ich mir auch noch Blut dafür abnehmen lassen. Ich hab' mit diesem ganzen Mist aber auch rein gar nichts zu tun!"

Katharinas Sammlung von Blutgruppen ist jetzt vollständig. Bei der Durchsicht wird ihr sofort klar, dass keiner der Männer, die in den letzten Tagen und Stunden mit Anna Rosenkranz zu tun hatten, die Blutgruppe B positiv hat.

Die Bedeutung ist ihr sofort bewusst.

Katharina versucht Ole anzurufen. Sein Handy nimmt den Anruf entgegen, dann springt die Mailbox an.

„Hallo Ole, ich glaube wir können die Kiste jetzt zu machen. Ich würde gerne mit dir reden. Hast du Lust, heute Abend mit mir zu kochen? Ich würde dann für ein Wok-Gericht einkaufen und bei dir vorbei kommen. Wir haben beim Kochen und Essen ein wenig Zeit für den Fall. Ich denke es ist klar, wer der Täter ist. Melde dich doch bitte kurz mal."

Draußen ist es dunkel geworden und der Regen hat aufgehört. Katharina träumt von Urlaub und dem ausgiebigen Besuch einer Sauna. Sie sieht sich auf einer Liege im Ruheraum des Strandhotels in Dagebüll dösen, nachdem sie drei Saunagänge absolviert hat. Zuvor hätte

Sie einen Spaziergang bei schneidender Kälte auf der Deichkrone gemacht und der tosenden Nordsee bei ihrem Versuch, den Deich zu zerschlagen, zugesehen. Am liebsten hätte sie den Spaziergang aber nicht alleine unternommen. Die Kommissarin schiebt ihren Tagtraum beiseite, löscht die Schreibtischlampe und sieht aus dem Fenster. Katharina wartet jetzt auf den Rückruf von Ole.

# Krankenförster und andere Durcheinander

„Na so einen Scheiß will ich ja auf keinen Fall nochmal von Dieter, nein, nein, nein von dir geschenkt bekommen."

Kurt gehen die Worte durcheinander. Der Schlaganfall beeinträchtigt vor allem sein Sprachzentrum.

Ole ist etwas verwirrt, weil er mit dem Gerede von Kurt nur wenig anfangen kann. Noch am Morgen hatte er der Krankenhaussozialarbeiterin gesagt, dass er kein Problem haben würde, wenn sein Vater mit der Sprache etwas durcheinander käme. Nachdem er der kritisch blickenden Frau versichert hatte, dass zu Hause alles geregelt sei, hatten sie und ihre Überfürsorglichkeit von Ole abgelassen.

Ole hatte eine Frau aus Polen organisiert. Sie würde so lange mit Kurt in der Wohnung zusammenleben, bis er wieder alleine zurechtkäme. Ein Pflegedienst kommt einmal in der Woche vorbei. Ole hatte ein seltsames Gefühl, sich in dieser Weise die Arbeitslosigkeit in Polen zu Nutze zu machen. Doch wie sonst sollte man arbeiten und sich um einen pflegebedürftigen Angehörigen kümmern? Ludmilla schien ganz kompetent. Ihr Ursprungsberuf war Krankenschwester und sie konnte auch ein wenig Deutsch. Die Vermittlungsagentur schien seriös. Ole sah außerdem kaum andere Möglichkeiten, seinen Vater vernünftig versorgen zu können. Nun hatte ihn offenbar auch diese Realität eingeholt. Wie würde es weiter gehen? Ole jedenfalls wusste es nicht genau.

„Mein lieber Kron, ähm Korn meine ich, wenn ich nochmal in so eine üble Schenke verfrachtet werde, nur weil ich mal ein Schätzchen, näh Schnäpschen zu viel geliebt habe, dann kannst du aber was erbeben, näh Erdbeeren, quatsch erleben!"

Ole grient ein bisschen vor sich hin. Den Sinn in den Aussagen seines Vaters kann er schon erfassen, aber wie soll man sich da nun verhalten? Ole entscheidet sich für einen normalen Umgang wie immer.

„Kurt, du warst im Krankenhaus, weil du einen Schlaganfall hattest."

„Sag ich doch." Kurt rückt näher an seinen Sohn heran und flüstert ihm verschwörerisch zu:

„Der Krankenförster hat mir so ein komisches Gummiding in meinen, na ja du weißt schon, rein gepiekst. Nur weil ich so furchtbar geschwitzt hatte und meine Hose ganz blass geworden war. Näh nass meine ich natürlich."

„Nun ist doch aber alles wieder okay, hat Dr. Schwarz gesagt."

„Der Schwarzt, der war der Schlimmste! Ole ich glaub der ist schwul! Kaum war ich im Bett als Aufnahmeschwimmer, näh Aufnahmezimmer, hatte ich schon seinen Finger im Hintern, Prostatara-Untersuchung, sehr eklig!"

„Ja Papa, das ist schon blöde, aber das gehört glaube ich zu so einer gründlichen Untersuchung bei einer Krankenhausaufnahme dazu. Die können so als Orientierung feststellen, ob man was an der Prostata hat. Krebs, oder so!"

„Ah so, dann haben Frauen ja Glück, wenn sie ins Krankenhaus kommen." Kurt freut sich über diesen richtigen Satz.

Kurt und Ole fahren nach Hause in den Husumer Süden.

Ole hat ein Pflegebett organisiert und Handgriffe an die Duschwanne und die Toilette angebracht. Kurt freut sich, dass er wieder zu Hause ist. Er nimmt seinen Sohn in den Arm und drückt ihn ganz fest an sich.

„Ole ich hab Angst, dass ich jetzt bald in ein Altenheim muss. Was machen wir da bloß?"

„Wir probieren es jetzt erst einmal mit Hilfe von Ludmilla und dem Pflegedienst, denke ich!"

„Hast Du jetzt so ein Polenstädtchen, näh Mädchen geheiratet, damit die mich betreuen kann?"

„Nein Papa, Ludmilla ist nicht meine Frau!"
Ludmilla kichert.

„Sie kommt von einem Pflegedienst, damit du erst mal Unterstützung hast und nicht in ein Heim musst."

„Schön, schön wär doch auch jammerschade, wenn du das gemacht hättest!"

„Wieso?" fragt Ole verblüfft.

„Na ja, du merkst ja wohl gar nichts mehr. Jetzt wo du so gut angeschrieben bist bei dieser hübschen jungen Frau, die so gut feiern kann, solltest du dir mal was anderes überlegen!"

Ole sieht seinen Vater an, sagt aber nichts.

„Wir sehen uns morgen, Papa, ich hab noch zu arbeiten!"

Als Ole wieder in seiner Wohnung angekommen ist, greift er zum Telefon und ruft Katharina an.

„Hast du Lust so gegen neun zu mir zu kommen? Dann können wir auch nochmal über unseren Fall sprechen."

„Ja, das mach ich gerne!"

„Prima."

„Ja gut. Ich bin gegen neun bei dir!"

Yoko Geri

Um kurz vor neun Uhr klingelt es an Oles Tür. Schneller als er eigentlich will, geht er und öffnet. Dort steht Ludmilla. Sie fragt, ob er mal eben mit anfassen könnte. Kurt und sie hätten entschieden, dass sein Pflegebett mit ins Wohnzimmer gehört, damit er abends dort seiner Lieblingsbeschäftigung, dem Fernsehen, nachgehen kann. Ole folgt Ludmilla in die Wohnung seines Vaters und rückt lustlos die Möbel. „Passt so", grummelt er und geht schnell in seine Wohnung zurück, damit das Essen im Wok nicht anbrennt. Als er aus Kurts Wohnung eilt, stößt er mit Katharina zusammen, die sich mühsam zur Tür quält.

„Was hast denn du gemacht?", fragt Ole und sieht Katharina erwartungsvoll an.

Wahrheitsgemäß antwortet Katharina: „Yoko Geri geübt!"

„Was soll denn das bitte sein? Und vor allem, warum übt man etwas, das einem so zum Humpeln treibt? Du willst mir wohl nicht noch erzählen, dass sowas Spaß macht."

„Ja, macht es!", gibt sie voller Begeisterung von sich. Katharina wartet auf eine Nachfrage, damit sie mehr über ihre neue Leidenschaft, das

Karate, aufklären kann. Ole fragt nicht. Als sie gemeinsam in Oles Wohnungstür einbiegen, ist Katharina von den Gerüchen in der Küche überrascht. Sie hätte nicht gedacht, dass man mit einem Wok eine solche Aromakulisse zaubern kann. Ole geht nicht in die Küche. Schließlich riecht es nicht angebrannt. Er läuft in das Wohnzimmer und legt ein paar Holzscheite in den brennenden Ofen. Aus Oles Sicht ist das Ding das Prunkstück der Wohnung. Der gusseiserne Ofen dänischer Machart gibt eine behagliche Wärme ab, wenn man ihn nicht zu stark anheizt. Wird er zu heiß, kippt das Vergnügen und man sinkt von der Wärme betäubt ins Sofa und ist nach zwanzig Minuten eingeschlafen. „Hyggelig" ist das dänische Wort das irgendwie besser passt als gemütlich.

Ole legt, ganz *old fashion*, sein Lieblingsalbum der Rolling Stones *Let it bleed* auf den Plattenspieler. Er liebt das Geräusch, wenn die Saphirnadel mit einem dezenten Ton auf der Scheibe aufsetzt. Ole könnte nicht nur den gewählten Song sondern auch jedes durch einen kleinen Kratzer verursachte Geräusch genau mitsingen und mitknacken. Es ist natürlich der erste Song des Albums, der in voller Lautstärke aus den Boxen donnert. Es ist Oles Hymne.

Oh, a storm is threat'ning, my very life today,
If I don't get some shelter, oh yeah, I'm gonna
fade away ...

Katharina, die den Song noch nie gehört hat, ist hin und hergerissen von den großartigen Gitarrenparts des fragilen Intros, die sich mit dem langsam anschwellenden ängstlichen Gesang mischen, der von der Brüchigkeit des Lebens erzählt.

Rape, murder it's just a shot away ...

Die ewige Angst vor dem Leben besiegt vom Gefühl der Liebe

... tell you love, sister, it's just a kiss away ...

In einem großartigen Solo, vielleicht dem besten, das die Rockmusik je hervorgebracht hat, führt Keith Richards stellvertretend für alle den Krieg mit den dunklen Mächten des Lebens, während Mick Jagger eben mit dieser Liedzeile den Kampf vom Leben gewinnen lässt. Auch fast fünfzig Jahre nach Vietnam ist gerade dieser Song nicht nur ein Dokument seiner Zeit. Er ist eine zeitlose Hymne für alle, die an den Sieg des Lebens glauben. Ole hat ein Bier und eine Zigarette in den Händen und folgt dem Klang der Musik mit geschlossenen Augen. Sein Körper malt jeden Ton aus der Gitarre von Keith Richards in den Raum und Katharina schämt sich fast dafür, die Intimität dieses Momentes durch ihren zufälligen Voyeurismus zu stören. Als der letzte Ton von *Gimme Shelter* verklungen ist, öffnet Ole seine Augen und sieht Katharina an.

„Ja so ist das", sagt Ole und geht in die Küche. Katharina antwortet nicht und folgt ihm.

Der Kommissar erhöht noch einmal die Temperatur unter dem Wok.

„Ist gleich fertig!" ruft er. Katharina ist fasziniert. Sie sieht Ole bei seinen geschickten Bewegungen zu. Im Wok schmurrgelt scharf angebratenes in Sake mariniertes Rindfleisch. Katharina erkennt verschiedene grüne Gemüse. Der farbliche Kontrast ist der Basmati Reis. Ole grient, wendet sich Katharina zu, verbeugt sich und sagt:

„Ole Sörensen, *Dritter Dan Goyu Ryu*. Ich hab damals auch lange für den Yoko Geri gebraucht, aber wenn man ihn treten kann, ist er eine monströse Waffe."

Katharina ist sprachlos. Das kommt kaum vor.

„Zu dem, was du fragen willst, wer redet weiß nicht und wer weiß redet nicht, Lao-Tse. Aber nun lass uns mal essen, nachdem du mir in fünf Minuten so tief wie kaum jemand zuvor in meine Seele geschaut hast, ist es dafür nun wirklich Zeit."

Ole füllt das Essen in zwei japanische Schälchen, nickt Katharina zu und wünscht ihr einen guten Appetit. Neben der Schale liegen zwei Stäbchen. Während Ole mit geschickten Handgriffen mit dem Essen beginnt, hat Katharina große Mühe mit dem ungewohnten Besteck.

Ole setzt sich neben sie und gibt ihr geduldig einen kleinen Kurs im Essen mit Stäbchen.

Nachdem das Essen vorüber ist, sagt Katharina: „Danke Ole. Für alles. Ich hatte heute gleich dreimal das Gefühl, dir wirklich begegnet zu sein."

„Ja, das Gefühl hatte ich auch, Katharina. Es ist wunderbar, dich als Kollegin zu haben", entgegnet der Kommissar und fährt fort. „Ich glaube, und darüber möchte ich mit dir reden, dass ich heute viel gelernt habe. Als ich heute Nachmittag meinen Vater aus dem Krankenhaus abgeholt habe, musste ich im Flur auf den Arztbrief warten. Ich hörte ein Gespräch aus einem Patientenzimmer mit, ein Palliativmediziner und ein Patient. Da stand die Tür offen. Und plötzlich wusste ich, dass unser Täter nur dieser Jochen sein kann und dass das, was er gemacht hat, nicht richtig war."

„Wie meinst du das, Ole? Nach den Indizien kann es tatsächlich nur Jochen Walter gewesen sein, ja. Aber warum ist das falsch gewesen? Klar, im Sinne des Gesetzes müssen wir ihn aus dem Verkehr ziehen, aber Verständnis für seine Tat kann man haben, weil die Situation von Anna mehr als beschissen war!"

Ole schüttelt den Kopf und sagt: „Nein, das kann man nicht. Der Patient im Zimmer war offenbar sehr krank. Er hat zum Arzt gesagt, dass er keine Angst vor dem Tod hat, aber vor dem Sterben. Das sehen, glaube ich, viele Menschen so. Der Arzt hat darauf gesagt, dass er sich über das Vertrauen des Patienten zu ihm freut. Er erzählte, dass er selbst Angst vor dem Sterben hat, wenn es in die falschen Hände gerät. Er sagte aber auch, dass es nicht darum geht, so schnell wie möglich tot zu sein, sondern so lange wie möglich gut zu leben.

Weißt du, ich habe durch das Gespräch der beiden viel gelernt. Die Verkürzung des Sterbens zu fordern, wie es die Befürworter der Sterbehilfe tun, ist nur ein Zeichen, dass viele Menschen Angst vor dem Leben haben. Vor dem Verlust ihrer scheinbaren Kontrolle, ihrer scheinbaren Autonomie. Da gibt es ja unendlich viele Schreckensbilder von Demenz und Pflege. Tragisch ist das. Der Arzt war ganz klar: Er sagte, dass der Patient ihn an seiner Seite hätte, wenn es schwierig wird, dass er bei ihm bleiben wird, auch wenn Schmerzen auftreten oder irgendwas anderes passiert.

Katharina, es geht um Vertrauen und um Mitmenschlichkeit. Ob jetzt Arzt oder wer anders, der Patient konnte ihm vertrauen. Der Arzt würde jemanden organisieren, vielleicht sogar sich selbst, der beim Patienten bleibt.

Das ganze Leben ist eine Krankheit zum Tode, wie Sören Kierkegaard sagt. Niemand kann genau bestimmen, wann das Sterben beginnt. Der Patient fragte den Arzt, ob man merkt, wenn es wirklich zu Ende geht. Der Arzt hat das deutlich bejaht. Dann wäre der Zeitpunkt, um mit wenigen Medikamenten die letzten Stunden zu begleiten. Katharina, die Antwort auf die Sterbehilfe ist ganz einfach. Es muss jemand da sein, der die Nähe des Todes mit einem anderen Menschen teilt und aushält, und jemand, der sich zumutet. Es braucht Menschen, die sich liebevoll kranken und sterbenden Menschen zuwenden.

Das kann man schon bei Lao-Tse nachlesen.

Wer redet weiß nicht
und wer weiß redet nicht."

Der Hospizkrimi
Ein Nachwort von Andreas Heller

Nachdem Deutschland fast zwei Jahre öffentlich, in verschiedenen Kommunikationsräumen das Sterben, die Sterbehilfe, die Suizidassistenz und die neuen Logiken und gesetzlichen Rahmenbedingungen zum Sterben diskutiert hat, ist der Boden für diesen besonderen Krimi gut bereitet.

Sterben ist ein Thema der Öffentlichkeit, eingespeist in den Kommunikationshaushalt dieses Landes. Das ist gut so und schafft ein qualitativ neues Niveau über die Rolle der Kranken, der Alten und der Sterbenden nachzudenken und dafür zu sorgen, dass sie die notwendige Aufmerksamkeit, fachliche kompetente Betreuung und menschlichen Unterstützung erhalten. Sie rücken vom Rand immer mehr in die Mitte der gesellschaftlichen Sorgeaufmerksamkeit in Deutschland. Wir leben ja nicht in Entenhausen.

Denn in Entenhausen wird bis heute nicht gestorben. Onkel Dagobert und sein Neffe Donald trippeln ewig jung und gleichbleibend über die Leinwand, watscheln unermüdlich durch die Comics, eine Geschichte die nicht aufhört. Sterben und Tod gibt es nicht in dieser auf zeitlose Ewigkeit ausgelegten Welt. Das ist die Kunstwelt von Walt Disney.

Ein Krimi hingegen lebt von der Nähe zum Alltag, ja zum Alltäglichen. Dazu gehört der Tod, oft genug der gewaltsame Mord. Der Tote selbst wird nicht selten zu einem Sprungbrett in die Erzählung hinein. Sie entfaltet und dramatisiert sich erst durch die Toten. Der Krimi verflüssigt und erhellt gesellschaftliche Milieus durch die Toten.

Dieser Krimi eröffnet eine neue Variante. Er spielt in gewisser Weise im Versorgungsmilieu, dort in Grauzonen und den Schattenwürfen des Gesundheitssystems. Er öffnet durch geschickte Schnitte und Momentaufnahmen, Blicke in die Lage älterer Menschen, in die hospizlich und palliative Sorgearbeit und mehr, er nimmt mit auf Reisen, damit der Blick geschärft wird, um hinzuschauen und zu verstehen. Seine Komposition ermöglicht, nahezu beiläufig den Alltag der Versorgung kennen zu lernen, professionelle Praxen, Rahmenbedingungen, Ambivalenzen ebenso wie menschliches Verstehen. Er hält uns in Atem durch gekonnte Perspektivenwechsel. Insofern unterhält er nicht nur in dichten Bilderfolgen, sondern er hält an und inne.

Es ist dem Autorinnenpaar Christine Bruker, der Sozialarbeiterin und Sozialforscherin und Christoph Schmidt, dem Hausarzt und Netzwerker, gelungen, einen Plot zu schreiben, der die Gattung Hospizkrimi konstituiert und der Treppen baut, um in die Untergeschosse dieser Gesellschaft zu steigen, in Räume und Erfahrungen hinein, in Grenzbereiche des Lebens, die naheliegen, die ganz in der Nähe sind, die unter dem dünnen Eis einer Normalität zu erkennen, ja kriminelle Realität sind.

Prof. Dr. Andreas Heller
Universität Klagenfurt, Wien, Graz

Inhalt